¡NOSOTROS!

Luto
Duelo

EDUARDO HALFON

Luto

TRADUÇÃO
Lui Fagundes

*mundaréu

© Editora Madalena, 2018
@ Edualdo Halfon, 2017
c/o Indent Literary Agency
www.indentangency.com

TÍTULO ORIGINAL
Duelo

COORDENAÇÃO EDITORIAL – COLEÇÃO ¡NOSOTROS!
Silvia Naschenveng

CONCEPÇÃO DA COLEÇÃO
Tiago Tranjan

CAPA
Tadzio Saraiva

DIAGRAMAÇÃO
Editorando Birô

PREPARAÇÃO
Fábio Fujita

REVISÃO
Editorando Birô

Edição conforme o Acordo Ortográfico da Língua Portuguesa (1990).

Dados Internacionais de Catalogação de Catalogação na Publicação (CIP) Andreia de Almeida CRB-8/7889

Halfon, Eduardo
  Luto / Eduardo Halfon ; tradução de Lui Fagundes ; coordenação editorial de Silvia Naschenveng. -- São Paulo : Mundaréu (Editora Madalena Ltda. EPP), 2018.
  96 p. (Nosotros)
  ISBN: 978-85-682-592-07
  Título original: Duelo
  1. Ficção guatemalteca 2. Ficção latino-americana 3. Ficção – Séc. XXI 4. Memórias 5. Guatemala – História 6. Família I. Título II. Fagundes, Lui III. Naschenveng, Silvia
  18-0297   CDD 863

Índices para catálogo sistemático:
1. Identidade judaica : Sociologia 305.8924

2018
Todos os direitos desta edição reservados à
EDITORA MADALENA LTDA. EPP
São Paulo — SP
www.editoramundareu.com.br
vendas@editoramundareu.com.br

duelo¹
Del b. lat. *duellum* 'guerra, combate'.
1. m. Combate o pelea entre dos, a consecuencia de un reto o desafío.
2. m. Enfrentamiento entre dos personas o entre dos grupos. [...]

duelo²
Del lat. tardío *dolus* 'dolor'.
1. m. Dolor, lástima, aflicción o sentimiento.
2. m. Demostraciones que se hacen para manifestar el sentimiento que se tiene por la muerte de alguien.
3. m. Reunión de parientes, amigos o invitados que asisten a la casa mortuoria, a la conducción del cadáver al cementerio, o a los funerales. [...]

Fonte: Diccionario de la lengua española – Real Academia Española.
Edición del Tricentenario (actualización 2017).

Luto

*Para ti, Leo,
que llegaste de madrugada
con un colibrí*

E lhes darei um nome imperecível.
ISAÍAS 56:5

Chamava-se Salomón. Morreu quando tinha cinco anos, afogado no lago de Amatitlán. Era o que me diziam quando criança, na Guatemala. Que o irmão mais velho de meu pai, o primogênito de meus avós, aquele que teria sido meu tio Salomón, tinha morrido afogado no lago de Amatitlán, em um acidente, quando tinha a minha idade, e que jamais tinham encontrado seu corpo. Nós passávamos todos os finais de semana no chalé de meus avós em Amatitlán, às margens do lago, e eu não podia ver esse lago sem imaginar que de repente apareceria o corpo sem vida do menino Salomón. Sempre o imaginava pálido e nu, e sempre boiando de bruços perto do velho molhe de madeira. Meu irmão e eu até havíamos inventado uma reza secreta que sussurrávamos no molhe — e que ainda lembro — antes de pularmos no lago. Como se fosse uma espécie de conjuro. Como se fosse para afugentar o fantasma do menino Salomón, no caso de o fantasma do menino Salomón ainda estar nadando por ali. Eu não sabia detalhes de seu acidente, e tampouco me atrevia a perguntar. Ninguém na família falava de Salomón. Ninguém sequer pronunciava seu nome.

* * *

Não foi difícil chegar ao chalé que tinha sido dos meus avós, em Amatitlán. Primeiro passei pela conhecida entrada dos banhos termais, depois pelo antigo posto de gasolina, depois pela mesma e extensa plantação de café e cardamomo. Passei na frente de uma série de chalés que me pareceram muito familiares, ainda que todos ou quase todos já abandonados. Reconheci a rocha — escura, imensa, embutida no flanco da montanha —, que quando crianças acreditávamos que tinha a forma de um disco voador. Para nós era um disco voador, decolando dessa montanha em Amatitlán para o espaço. Segui um pouco mais pela sinuosa e estreita rodovia que bordeia o lago. Cheguei a uma curva em que, segundo meu pai, eu sempre ficava mareado e acabava vomitando. Diminuí a velocidade em outra curva mais perigosa, mais pronunciada, e imediatamente lembrei que era a última. E antes de hesitar, de me sentir nervoso, antes que a apreensão me fizesse dar meia-volta e retornar depressa à cidade, apareceu de supetão na minha frente o mesmo muro de pedras planas, o mesmo portão negro.

Estacionei o Saab cor de safira em um dos lados da rodovia, na frente do muro de pedra, e fiquei sentado dentro do velho carro emprestado por um amigo. Era meia-tarde. O céu parecia uma só massa, espessa e parda. Abaixei o vidro da janela lateral e imediatamente senti no rosto um cheiro de umidade, de enxofre, de algo morto ou a ponto de morrer. Pensei que o que estava morto ou a ponto de morrer era o lago mesmo, tão contaminado e apodrecido, tão maltratado durante décadas, e então deixei de pensar nisso e peguei o maço de Camel no porta-luvas. Saquei um cigarro e o acendi e a fumaça adocicada foi me devolvendo a fé, pelo menos um pouco, pelo menos até que levantei o olhar e descobri que na minha frente, longe e imóvel sobre o asfalto da rodovia, havia um cavalo. Um cavalo macilento. Um cavalo cadavérico. Um cavalo que não deveria estar ali, no meio da rodovia. Não sei se sempre esteve ali e eu não o tinha visto, ou se tinha acabado de chegar, se tinha acabado de se manifestar, como uma aparição esbranquiçada no meio de tanto verdor. Estava longe, ainda que suficientemente perto para que eu distinguisse cada osso de suas costelas e ancas e também um espasmo constante em seu lombo. Um laço pendia de seu pescoço. Supus que era o cavalo de alguém, de algum camponês da região do lago, e que talvez tinha escapado ou se perdido. Abri a porta e saí do carro para vê-lo melhor, e o cavalo imediatamente levantou uma das pernas dianteiras e se pôs a patear o asfalto. Podia escutar o ruído do casco como se estivesse apenas roçando o asfalto. Vi-o baixar a cabeça com dificuldade, com demasiado esforço, talvez com o afã de cheirar ou lamber a rodovia. Depois o vi dar dois ou três passos compridos, lentos e dolorosos, em direção à montanha e desaparecer por completo entre os arbustos do matagal. Joguei o cigarro para qualquer lado, em um misto de raiva e indolência, e me dirigi até o portão negro.

* * *

Meu avô libanês estava rondando o jardim dos fundos de sua casa na avenida Reforma, ao redor de uma piscina já inútil, já vazia e rachada, enquanto fumava um cigarro escondido. Recentemente tinha sofrido o primeiro de seus infartos, e os médicos o tinham obrigado a deixar de fumar. Todos sabíamos que fumava escondido, lá fora, ao redor da piscina, mas ninguém lhe dizia nada. Talvez porque ninguém se atrevesse. Eu estava olhando para ele através da janela de um quarto que ficava justamente ao lado da piscina, o qual alguma vez serviu como uma espécie de closet e saleta, mas que agora não era mais que um espaço onde guardar caixas e casacos e móveis antigos. Meu avô caminhava de um lado para outro do pequeno jardim, uma mão atrás das costas, escondendo o cigarro. Vestia uma camisa branca com botões, calça de gabardine cinza e pantufas de couro preto, e eu, como sempre, o imaginei voando pelos ares com essas pantufas de couro preto. Sabia que meu avô tinha saído de Beirute em 1919, quando tinha dezesseis anos, com sua mãe e seus irmãos, voando. Sabia que tinha voado primeiro para a Córsega, onde sua mãe morreu e foi sepultada; para a França, onde todos os irmãos subiram num barco a vapor em Le Havre, chamado *SS Espagne*, rumo à América; para Nova York, onde um oficial de imigração preguiçoso ou talvez caprichoso decidiu cortar pela metade nosso sobrenome, e também onde meu avô trabalhou durante vários anos, no Brooklyn, em uma fábrica de bicicletas; para o Haiti, onde vivia um de seus primos; para o Peru, onde vivia outro de seus primos; e para o México, onde outro de seus primos fornecia armas a Pancho Villa. Sabia que ao chegar à Guatemala tinha voado por cima do Portal do Comércio — quando em frente ao Portal do Comércio ainda passava um bonde puxado por cavalos ou mulas — e aberto aí um armazém de tecidos importados chamado El Paje. Sabia que nos anos sessenta, depois de permanecer sequestrado por guerrilheiros durante trinta e cinco dias, meu avô tinha regressado à sua casa voando. E sabia que em uma tarde, no final da avenida Petapa, meu avô tinha sido atropelado por um trem, que o lançou aos ares, ou talvez o tenha lançado aos ares, ou ao menos para mim, e para sempre, o lançou aos ares. Meu irmão e eu estávamos jogados no chão do quarto, entre caixotes e malas e lâmpadas velhas e sofás empoeirados. Falávamos em sussurros, para que meu avô não nos descobrisse escondidos ali dentro, xeretando entre suas coisas. Estávamos havia vários dias vivendo na casa de meus avós na avenida Reforma. Logo iríamos embora do país, para os Estados Unidos. Meus pais, depois de vender nossa casa, tinham nos deixado com meus avós e tinham viajado aos Estados Unidos, para procurar uma casa nova, comprar móveis, matricular-nos em algum colégio, preparar tudo lá para a mudança. Uma mudança temporária, insistiam meus pais, só enquanto melhorava a situação política do país. Qual situação política do país? Eu não conseguia entender isso de a situação política do país, apesar de estar já acostumado a dormir com o barulho das bombas e dos tiroteios nas noites; e apesar dos escombros que tinha visto com um amigo no terreno atrás da casa dos meus avós, escombros do que tinha sido a embaixada da Espanha, informou meu amigo, depois de esta ser incendiada com fósforo branco pelas forças do governo, matando trinta e sete funcionários e camponeses que se encontravam dentro dela; e apesar do combate entre o exército e alguns guerrilheiros bem diante do meu colégio, no residencial Vista Hermosa, que manteve todos os alunos trancados o dia inteiro em um ginásio. Tampouco conseguia entender como podia ser uma mudança temporária se meus pais tinham vendido e esvaziado nossa casa. Era o verão de 81. Eu estava prestes a fazer dez anos.

Enquanto meu irmão batalhava para abrir um enorme e duro estojo de couro, eu estava marcando seu tempo no relógio digital com o qual fazia uns meses meu avô tinha me presenteado. Era meu primeiro relógio: um Casio volumoso, com tela grande e pulseira de borracha preta, que dançava no meu pulso esquerdo (sempre tive pulsos demasiado finos). E desde que meu avô tinha me presenteado eu não conseguia parar de cronometrar tudo, de marcar o tempo de tudo, tempos que ia anotando e comparando em um pequeno caderno espiral. Por exemplo: quanto tempo durava cada sesta de meu pai. Por exemplo: quanto tempo meu irmão levava para escovar os dentes de manhã versus antes de dormir. Por exemplo: quantos minutos minha mãe levava fumando um cigarro e falando ao telefone na sala versus tomando um café na copa. Por exemplo: quantos segundos havia entre os relâmpagos de uma tormenta que se aproximava. Por exemplo: quantos segundos eu segurava o fôlego embaixo da água na banheira. Por exemplo: quantos segundos podia sobreviver um de meus peixes dourados fora da água do aquário. Por exemplo: qual era a maneira mais rápida de me vestir antes de sair para o colégio (primeiro cueca, depois meias, depois camisa, depois calça, depois sapatos versus primeiro meias, depois cueca, depois calça, depois sapatos, depois camisa), porque então, se eu decifrasse, se eu encontrasse a maneira mais eficiente de me vestir nas manhãs, conseguiria dormir uns minutos a mais. Meu mundo inteiro tinha mudado com aquele relógio de borracha preta. Agora podia mensurar qualquer coisa, agora podia imaginar o tempo, capturá-lo, e ainda visualizá-lo em uma pequena tela digital. O tempo, comecei a crer, era uma coisa real e indestrutível. Tudo no tempo sucedia como uma linha reta, com um ponto de início e um ponto-final, e eu agora podia situar esses dois pontos e medir a linha que os separava e anotar essa medida em meu pequeno caderno espiral.

Meu irmão continuava tentando abrir o estojo de couro, e eu, enquanto o cronometrava, segurava nas mãos uma foto em preto e branco de um menino na neve. Tinha encontrado-a em uma caixa cheia de fotos, algumas pequenas, outras grandes, todas antigas e maltratadas. Mostrei-a a meu irmão, que continuava a golpear o ferrolho do estojo com o pé, e ele me perguntou quem era o menino da foto. Falei que não tinha ideia, olhando a imagem de perto. O menino parecia pequeno demais. Não dava a impressão de estar contente na neve. Meu irmão falou que havia algo escrito atrás da foto e deu um último pontapé no estojo e este se abriu instantaneamente. Dentro havia um acordeão enorme, deslumbrante em vermelhos e brancos e pretos (tão deslumbrante que até esqueci de parar o cronômetro). Meu irmão pressionou as teclas e o acordeão fez um escândalo justo no momento em que eu li o que estava escrito atrás da foto: Salomón, Nova York, 1940.

Lá da piscina meu avô gritou algo para nós em árabe ou talvez em hebraico e eu deixei a foto jogada no chão e saí correndo do quarto limpando a mão na camisa e esquivando-me de meu avô que ainda fumava no pequeno jardim, e perguntando a mim mesmo se por acaso o menino Salomón que tinha se afogado no lago era o mesmo menino Salomón na neve, em Nova York, em 1940.

* * *

Não havia campainha, nem sineta, e então só bati no portão negro com os nós dos dedos. Esperei um par de minutos, e nada. Tentei de novo, batendo mais forte, e de novo nada. Não se ouviam ruídos. Nem vozes. Nem o som de algum rádio. Nem murmulhos de alguém brincando ou nadando no lago. Ocorreu-me a possibilidade de que o chalé que tinha sido de meus avós nos anos setenta também estivesse abandonado e decrépito, como tantos chalés ao redor do lago, todos vestígios e ruínas de outra época. Senti as primeiras gotas de chuva na cara e estava para bater de novo quando escutei umas sandálias de borracha se aproximando devagar, do outro lado do portão.

O que deseja, em uma voz suave, tímida, feminina. Boa tarde, falei com voz firme. Estou procurando dom Isidoro Chavajay, e me interrompeu uma trovoada à distância. Ela não falou nada ou talvez tenha dito algo e eu não ouvi por causa da trovoada. Você sabe onde posso encontrá-lo? Ela de novo guardou silêncio enquanto duas gotas grossas me caíam na cabeça. Esperei que se afastasse uma caminhonete cheia de passageiros que passou rugindo na rodovia, às minhas costas. Você conhece dom Isidoro Chavajay?, perguntei, ouvindo como chegava correndo um cachorro do outro lado do portão. Bem, falou ela. Trabalha aqui.

Não esperava essa resposta. Não esperava que dom Isidoro ainda trabalhasse ali, quarenta anos depois. Tinha pensado que na melhor das hipóteses o novo vigia ou jardineiro poderia me ajudar a encontrá-lo, a localizá-lo no povoado; ou se não ele, dom Isidoro, porque já tivesse morrido ou talvez mudado para outro povoado, pelo menos sua esposa ou seus filhos. E de pé diante do portão negro que algum dia tinha sido de meus avós, molhando-me um pouco, pensei que esse chalé teria tido já vários donos, sabe-se lá quantos donos desde que meus avós o tinham vendido no final dos anos setenta, mas sempre com dom Isidoro à disposição de todos, a serviço de todos eles. Como se dom Isidoro, mais que um homem ou um empregado, fosse um móvel a mais do chalé, incluído no preço.

E dom Isidoro está?, perguntei, secando o rosto e vendo como se assomava o focinho do cachorro por baixo do portão. Quem o procura?, perguntou ela. O cachorro estava cheirando meus pés com frenesi, ou possivelmente estava cheirando com frenesi o cheiro do cavalo branco no capinzal. Diga a ele que quem o procura é o senhor Halfon, falei, que sou o neto do senhor Halfon. Ela não falou nada durante alguns segundos, talvez meio confusa, ou talvez esperando que eu desse mais alguma informação, ou talvez não tinha me escutado bem. Quem o senhor falou que o procura?, perguntou de novo através do portão. O neto do senhor Halfon, repeti, enunciando devagar. Perdão?, falou ela, a voz apagada, um pouco assustadiça. O cachorro parecia agora mais enfurecido. Estava latindo e arranhando o portão com suas patas dianteiras. Diga a dom Isidoro, falei já desesperado, quase gritando ou latindo eu mesmo, que sou o senhor Hoffman.

Houve um breve silêncio. Até o cachorro emudeceu.

Vou ver se ele está, falou ela, e eu fiquei quieto, ansioso, nada mais ouvindo que o barulho de suas sandálias e da chuva na montanha e do cachorro grunhindo para mim de novo por baixo do portão. Às vezes penso que posso ouvir tudo, menos o som do meu próprio nome.

* * *

Não sei em que momento o inglês substituiu o espanhol. Não sei se o substituiu realmente, ou se em vez disso adotei o inglês como uma espécie de vestimenta que me permitisse ingressar e me mover com liberdade em meu novo mundo. Tinha apenas dez anos, mas talvez já entendesse que uma língua é também um escafandro.

Dias ou semanas depois de ter chegado aos Estados Unidos — a um subúrbio em Plantation, no sul da Flórida —, e quase sem nos darmos conta, meus irmãos e eu começamos a falar só em inglês. Para nossos pais, que seguiam falando conosco em espanhol, só respondíamos em inglês. Sabíamos um pouco de inglês antes de sair da Guatemala, claro, mas um inglês rudimentar, um inglês de brincadeiras e canções e desenhos animados infantis. Foi minha nova professora no colégio, a senhorita Pennybaker, uma mulher muito jovem e muito alta que corria maratonas, quem melhor entendeu o quanto era essencial que eu me apropriasse rapidamente da minha nova língua.

No primeiro dia de aula, já com meu uniforme azul e branco do colégio privado, a senhorita Pennybaker me pôs na frente do grupo de meninos e meninas e, depois de me acompanhar no juramento de lealdade à bandeira, apresentou-me como o novo aluno. Depois anunciou a todos que, a cada segunda-feira, eu faria uma breve exposição sobre um tema que ela me sugeriria na sexta-feira anterior, o qual eu deveria preparar e praticar e memorizar durante o fim de semana. Lembro que, nesses primeiros meses, a senhorita Pennybaker me sugeriu falar sobre minha sobremesa favorita (sorvete de tangerina), sobre meu cantor favorito (John Lennon), sobre meu melhor amigo na Guatemala (Óscar), sobre o que eu queria ser quando crescesse (vaqueiro, até cair de um cavalo; médico, até desmaiar ao ver sangue em um programa de televisão), sobre um de meus heróis (Thurman Munson) e sobre um de meus anti-heróis (Arthur Slugworth) e sobre um de meus animais de estimação (tínhamos agora um enorme lagarto como animal de estimação; ou melhor, um enorme lagarto vivia em nosso jardim; ou melhor, um enorme lagarto vivia no canal que corria atrás da nossa casa, e que em algumas tardes víamos da janela estendido na grama do jardim, quieto como uma estátua, tomando sol; meu irmão, por razões que só ele conhecia, deu-lhe o nome de Fernando).

Numa sexta-feira, a senhorita Pennybaker me pediu que preparasse uma explanação sobre meus avós e meus bisavós. No sábado pela manhã, então, enquanto meu irmão e eu tomávamos o desjejum e meu pai bebia café e lia o jornal na cabeceira da mesa, fiz a ele algumas perguntas sobre seus antepassados, e meu pai me falou que seus dois avôs se chamavam Salomón. Assim como seu irmão, exclamei rápido em inglês, quase que em defesa diante desse nome, como se um nome pudesse ser uma adaga, e a voz distante de meu pai me falou em espanhol que sim, que Salomón, igual ao seu irmão. Explicou por cima do jornal que seu avô paterno, de Beirute, chamava-se Salomón, e que seu avô materno, de Alepo, também se chamava Salomón, e que por isso seu irmão mais velho se chamava Salomón, em homenagem a seus dois avôs. Fiquei em silêncio por alguns segundos, um pouco assustado, tratando de imaginar o rosto de meu pai do outro lado do jornal, talvez do outro lado do universo, sem saber o que dizer nem o que fazer com esse nome tão perigoso, tão proibido. Meu irmão, também em silêncio ao meu lado, tinha um bigode de leite. E continuávamos ambos em silêncio quando de repente as palavras de meu pai se elevaram como um trovão do outro lado do jornal. O rei dos israelitas, proclamou, e eu entendi que o rei dos israelitas tinha sido seu irmão Salomón.

Na segunda-feira, então, de pé diante dos meus colegas, falei no meu melhor inglês que os dois avôs de meu pai se chamavam Salomón, e que o irmão mais velho de meu pai tinha se chamado Salomón, em homenagem a eles, e que esse menino Salomón, além de ser irmão de meu pai, tinha sido o rei dos israelitas, mas que tinha se afogado em um lago na Guatemala, e que seu corpo de menino e sua coroa de rei continuavam lá, perdidos para sempre no fundo de um lago na Guatemala, e todos os meus colegas me aplaudiram.

* * *

O número áureo. Isso foi a primeira coisa que pensei ao ver o rosto de dom Isidoro depois de tantos anos: o número áureo. Nessa proporção perfeita e espiral que se encontra nas nervuras da folha de uma árvore, na concha de um caracol, na estrutura geométrica dos cristais. Dom Isidoro estava de pé no velho molhe de madeira, descalço, sorrindo, seus dentes acinzentados e carcomidos, seu cabelo completamente branco, seu olhar já nublado pela catarata, sua pele enrugada e escura depois de uma vida inteira ao sol, e eu a única coisa em que conseguia pensar era que o comprimento total de duas retas (a + b) é para o segmento mais longo (a) o que este é para o segmento mais curto (b).

* * *

Briarcliff.

Esse era o nome do acampamento onde passamos os dias de férias do verão de 82, ao terminar nosso primeiro ano escolar nos Estados Unidos. Toda manhã chegava para nos buscar em casa — em sua caminhonete Volkswagen, clássica, de cor amarelo-gema — uma garota de cabelo castanho e rosto sardento chamada Robyn, que também nos trazia de volta para casa nas noites, depois de um dia inteiro brincando de jogos e nadando naquele parque de Miami onde ficava o Briarcliff. Como os demais empregados do acampamento, creio, Robyn ajudava no transporte de todas as crianças. Minha irmã geralmente dormia no caminho, e meu irmão ficava em silêncio, um pouco encabulado toda vez que Robyn olhava-o pelo retrovisor e dizia que ele tinha o sorriso perfeito. Eu, por outro lado, acordava toda manhã já ansioso para vê-la, para falar com ela os quinze ou vinte minutos que durava o trajeto até o parque, e Robyn, nesses quinze ou vinte minutos, com a graça e a paciência de uma professora, ia corrigindo meu inglês. Eddie, chamava-me, ou às vezes Little Eddie. Lembro que falávamos quase só de esportes, em especial de beisebol. Ela me dizia que sua equipe favorita era os Piratas (a minha, os Yankees), e seu jogador favorito, Willie Stargell (o meu, Thurman Munson). Dizia que jogava na primeira base, como Stargell (e eu, receptor, como Munson, até que Munson morreu em um acidente com um pequeno avião), em uma equipe de mulheres. Dizia que dentro em pouco, ali perto, em Fort Lauderdale, começaria a rodagem de um filme sobre beisebol, e que ela seria a atriz principal. Eu não estava seguro de ter entendido bem ou se ela por acaso zombava de mim, então apenas lhe sorria com suspicácia. Um par de anos depois, porém, fiquei surpreso ao vê-la na tela de um cinema como atriz principal de um filme, junto a Mimi Rogers e Harry Hamlin e um jovem Andy García, sobre uma garota cujo sonho era jogar beisebol profissional nas grandes ligas. Robyn, li na tela, na verdade se chamava Robyn Barto, e o filme — o único que ela chegou a protagonizar —, *Blue Skies Again*.

Em uma manhã, enquanto nós, crianças de Briarcliff, nadávamos e deslizávamos no enorme tobogã do parque, um homem se afogou.

Lembro os gritos dos adultos para que todos saíssemos da água, depois o choro das crianças menores, depois as sirenes da ambulância, depois o corpo sem vida do homem estendido ao lado do pequeno tanque de manutenção onde tinha se afogado, dois ou três paramédicos ao seu redor, tentando ressuscitá-lo. Eu estava um pouco longe da cena, ainda meio molhado na minha roupa de banho, mas, por instantes, por entre as pernas dos paramédicos podia vislumbrar o rosto tingido de azul do homem no chão. Um azul pálido, desbotado, entre índigo e cerúleo. Um azul que eu nunca tinha visto antes. Um azul que não devia existir no pantone de azuis. E vendo o homem no chão, imediatamente imaginei o menino Salomón boiando no lago, o menino Salomón de barriga para cima no lago, seu rosto tingido para sempre do mesmo azul.

Nessa noite, a caminho de casa na caminhonete Volkswagen, esperei que meus irmãos estivessem dormindo para perguntar a Robyn o que tinha se passado com o homem. Ela se manteve calada um bom tempo apenas dirigindo na escuridão da noite, e eu pensei que não tinha me ouvido ou que talvez não quisesse falar sobre aquilo. Mas depois de alguns minutos falou em sussurros que o homem tinha ficado preso embaixo da água no pequeno tanque de manutenção. Que o braço direito do homem tinha ficado preso, falou, enquanto ele limpava o filtro do tobogã. Que o homem tinha se afogado, falou, sem que ninguém visse.

* * *

Quando crianças, acreditávamos em dom Isidoro quando nos dizia que aquilo que estava bebendo de um pequeno cantil de metal — e que cheirava a álcool puro — era seu remédio. E acreditávamos quando nos dizia que os roncos de fome que faziam nossas barrigas eram os cicios de uma enorme serpente negra deslizando lá dentro, que entrava e saía por nossos umbigos enquanto dormíamos. E acreditávamos quando nos dizia que os cada vez mais frequentes disparos e explosões na montanha eram só erupções da cratera do Pacaya. Acreditávamos quando nos dizia que os dois corpos que em uma manhã apareceram boiando perto do molhe não eram dois guerrilheiros assassinados e jogados no lago, e sim dois garotos quaisquer, dois garotos mergulhando. E acreditávamos quando nos dizia que, se não nos portássemos bem, à noite viria até nós uma bruxa que vivia em uma caverna no fundo do lago (meu irmão, não sei se por equívoco ou por troça, chamava-a a Bucha do Lago), uma caverna escura onde ela prendia todos os meninos branquinhos e malcriados que ia roubando dos chalés.

* * *

Quando crianças, ajudávamos dom Isidoro a plantar árvores ao redor do jardim. Dom Isidoro abria o buraco com um enxadão e depois ficava de lado e nos deixava enfiar a muda de árvore e encher o buraco com terra preta. Lembro que plantamos um eucalipto na entrada, uma fileira de ciprestes na divisa com o terreno vizinho, um pequeno ipê-rosa na margem do lago. Lembro que, antes de encher cada buraco com terra, dom Isidoro nos dizia que devíamos aproximar nossas cabeças e sussurrar no buraco uma palavra de ânimo, uma palavra bonita, uma palavra que ajudasse aquela árvore a fincar bem suas raízes e crescer (meu irmão, invariavelmente, sussurrava adeus). Essa palavra, nos dizia dom Isidoro, ficaria ali para sempre, sepultada na terra preta.

* * *

Quando crianças, dom Isidoro costumava nos buscar para dar uma volta pelo lago, sentados os três sobre uma larga prancha havaiana, montados, nossos pés na água. Ao nos distanciarmos o suficiente do chalé, e apesar das ameaças de dom Isidoro, meu irmão e eu tirávamos os incômodos salva-vidas de cor laranja e ameaçávamos, em resposta, lançá-los longe (em uma dessas saídas, talvez uma das últimas que fizemos, e enquanto eu estava medindo o tempo entre o ponto de início e o ponto-final, o relógio de borracha preta se soltou de meu pulso demasiado fino, caiu na água e se perdeu no fundo do lago). Suponho que por questões de equilíbrio, dom Isidoro sempre se instalava no centro da prancha, entre nós. Meu irmão sempre ia na ponta, e da ponta dizia que era o capitão e dava ordens de para onde dom Isidoro devia remar.

Às vezes uns peixinhos pretos saltavam na superfície do lago e caíam sobre o acrílico da prancha e era preciso empurrá-los suavemente de volta à água.

* * *

Quando crianças, dom Isidoro nos dizia que a palavra Amatitlán, na língua de seus ancestrais, significava lugar rodeado de amates, por causa de todos os amates que circundam o lago. Outras vezes nos dizia que a palavra Amatitlán, na língua de seus ancestrais, significava cidade das letras, por causa dos sinais gráficos que seus ancestrais faziam na casca das árvores do lago. Outras vezes ainda, rindo, dizia-nos que a palavra Amatitlán já não significava nada.

* * *

Quando crianças, dom Isidoro nos levava a uma praia secreta do lago. Saíamos pelo portão negro e caminhávamos com ele pela rodovia — meu irmão segurando uma mão dele, eu, a outra — até entrarmos em uma trilha estreita, que mal dava para ver, densa de ramas e arbustos, e que finalmente desembocava em uma margem estreita e lamacenta do lago. Dom Isidoro nos dizia que era uma praia secreta. Dizia-nos que nunca deveríamos falar dela para ninguém. E então, depois de sentarmos no lodo, dom Isidoro tirava a camisa, entrava na água caminhando devagar, e desaparecia por completo. Nós ficávamos esperando na margem, bem-comportados no lodaçal, sempre temerosos de que dom Isidoro não voltasse a aparecer (meu irmão, toda vez, chorava). Mas dom Isidoro sempre aparecia. Sempre surgia da água todo moreno e brilhante e sempre carregando nas mãos um misterioso objeto de barro. Éramos muito pequenos para entender que dom Isidoro estava tirando do lago peças arqueológicas maias, cântaros e jarras pré-colombianas, talvez feitos por seus próprios ancestrais, as quais vendia a um de meus tios por um par de dólares.

* * *

Quando crianças, dom Isidoro às vezes nos conduzia até um pátio escuro e estreito e cheio de roupas estendidas, e ali atrás, já bem escondidos naquele pátio, ensinava-nos a ajoelhar, a fazer o sinal da cruz, a rezar como dois meninos católicos. Depois, enquanto nós dois rezávamos confusos e meu irmão me agarrava forte pelo braço, dom Isidoro nos dizia em murmúrios que talvez assim o Senhor nos perdoasse o pecado de ter matado Seu filho.

* * *

Morria de fome. Estava sentado entre meus dois avôs, o polaco e o libanês, morto de fome. Eles tinham vindo da Guatemala para passar conosco as festas judaicas. Era final de tarde e a sinagoga de Plantation estava cheia. Kol Ami se chamava a sinagoga: a voz de meu povo, em hebraico. Fazia calor. Eu tinha treze anos e faltava só um par de horas para terminar meu primeiro jejum completo de Yom Kipur, o dia da penitência, do perdão, do arrependimento, quando os judeus jejuam vinte e cinco horas, de pôr do sol a pôr do sol. Nada de comida. Nada de água. Minha mãe estava sentada com minha irmã e minhas avós e as outras mulheres. Meu irmão estava sentado com meu pai, distante de mim, algumas filas atrás de nós; ele ainda não tinha treze anos, ainda era uma criança, já tinha comido. Mais que a fome, lembro a sede. E lembro o mau cheiro de alguns velhos (meu pai me explicou que, por medo de engolir algumas gotas de água, eles também não se banhavam). E lembro a sensação de que tudo era um teatro: os homens ao meu redor falavam de seus negócios, contavam piadas, perguntavam-me se já tinha namorada. Mas do que mais me lembro é que eu acompanhava a oração inteira com o olhar voltado para cima, olhando dissimuladamente a boca do meu avô materno, de meu avô polaco. Já pela manhã, na correria para todos saírem à sinagoga, eu o tinha surpreendido sentado na cama do quarto de visitas, ainda de pijama. Meu avô tinha tapado a boca rápido com uma mão e balbuciara alguma coisa em espanhol enquanto eu descobria com espanto a dentadura postiça a seu lado, sobre o criado-mudo, brilhante e rosada em um copo com água. Nunca me ocorrera que, ao chegar à Guatemala em 1946, quando tinha apenas vinte e cinco anos, depois da guerra, depois de ser prisioneiro em diferentes campos de concentração, meu avô polaco já tinha perdido todos seus dentes.

* * *

Uns dias antes da oração do Yom Kipur, meu avô polaco tinha levado meu irmão e eu até um hangar em Miami repleto de aviões antigos.

Ele tinha uma estranha fascinação pelos aviões. Várias vezes eu o tinha encontrado na frente do televisor, com o volume demasiado alto, completamente absorto por algum velho documentário ou reportagem sobre a história da aviação. Desde muito pequeno, na Guatemala, eu o acompanhava em suas caminhadas ao redor do bairro, e meu avô sempre gostava de passar em frente ao terreno baldio perto de sua casa onde, numa noite, tinha caído um avião cargueiro cheio de vacas. Essa imagem, de um avião cheio de vacas caindo do céu no meio da cidade, fascinou-me durante toda a minha infância. Às vezes imaginava as vacas bem sentadas nos assentos. Outras vezes as imaginava flutuando em um avião enorme e vazio. Outras vezes vagando pelo largo corredor do avião com cubos de palha no chão. Hoje, é claro, sei que minha imaginação se aferrou a um equívoco, e que a verdade era outra: o dono daquele terreno baldio mantinha ali uma manada de vacas, pastando, e que todas tinham morrido quando, numa noite, caiu sobre elas um avião cargueiro.

Wings Over Miami, assim se chamava o hangar. Era uma espécie de museu da aviação, nos falou meu avô. Nem meu irmão nem eu queríamos ir. Não gostávamos de museus, nem de aviões, nem muito menos da história dos aviões, e só a ideia de ter de passar uma tarde inteira com nosso avô, vendo relíquias da história da aviação, deixava-nos entre assustados e aborrecidos. Mas meu avô, que raras vezes insistia, insistiu.

Recordo pouco daquela tarde. Recordo que demos voltas de carro durante horas procurando o hangar em Miami, e que depois demos voltas como loucos dentro do próprio hangar, no encalço de meu avô por todo o museu, enquanto ele tentava localizar sei lá qual avião. Finalmente, um empregado do museu se apiedou dele e nos guiou até um avião de guerra, imenso, todo cinza e enferrujado, pendurado no teto. Meu avô o observou olhando para cima durante muito tempo, não saberia dizer agora quanto tempo, mas o recordo eterno. Ele não nos falou nada. Não tinha expressão alguma no rosto. Nenhuma euforia ou satisfação por ter encontrado o avião que estava procurando, e que obviamente era a razão de estarmos ali. De repente meu avô baixou o olhar e nos falou que já estava bom, que podíamos ir embora, e então fomos, e foi só trinta anos depois, em uma viagem a Berlim, que eu finalmente entendi ou achei que entendia a falta de expressão em seu rosto, e talvez também o significado para o meu avô daquela tarde no museu de aviões.

* * *

Eu estava em Berlim apenas por alguns dias, a caminho da Polônia, de Łódź, quando uma amiga se ofereceu para me acompanhar em uma visita a Sachsenhausen, um dos campos de concentração onde meu avô tinha sido prisioneiro durante a guerra. Mas logo falei a ela que não queria ou que não podia ou talvez tenha dito que não me interessava. Já tinha visto coisas demais na Alemanha. Já não queria ver nem lembrar mais nada.

Antes de Berlim tinha passado uns dias em Colônia, para dar uma palestra na universidade, e fui descobrindo por toda a cidade pequenas placas de bronze: placas e placas e mais placas de bronze incrustadas no chão, entre as pedras da calçada, cada uma de dez centímetros por dez centímetros e gravada com o nome e a data de nascimento do judeu que tinha vivido ali, numa daquelas casas de Colônia, antes de ser capturado e assassinado pelos nazis. Como pequenas lápides de bronze, pensei na hora, para todos os judeus de Colônia que tinham sido mortos e que jamais teriam uma lápide própria, uma lápide digna. Stolperstein, são chamadas estas placas, explicaram-me na universidade. Que a palavra em alemão quer dizer algo assim como pedra para tropeçar, explicaram-me. Que a origem desse nome, explicaram-me, ao menos em parte, vem de um antigo dito que os alemães costumavam pronunciar quando tropeçavam na rua: Hier könnte ein Jude begraben sein. Aqui poderia estar enterrado um judeu.

E antes de Berlim também tinha estado alguns dias em Frankfurt, também convidado a dar uma palestra na universidade, no campus central da Universidade Goethe de Frankfurt: um imenso e belo prédio construído em 1930 como sede da IG Farben, naquela época a maior empresa química do mundo, explicaram-me na universidade, e o principal fabricante do gás Zyklon B para os nazis (antes da construção do prédio em 1930, explicaram-me, havia ali um manicômio dirigido por outro Hoffmann, o médico e escritor Heinrich Hoffmann, informação que me pareceu historicamente lógica). A IG Farben, a princípio especializada na erradicação de pragas de insetos, explicaram-me, converteu-se em um cartel controlado pelo Terceiro Reich, e seus pesticidas, criados para combater pragas, foram direcionados para o extermínio do que eles consideravam uma praga maior. E enquanto eu dava minha palestra em um pomposo e antigo salão, não pude deixar de pensar que ali mesmo, nesse mesmo prédio que agora era uma grande universidade, foram trabalhados e elaborados os cilindros de gás que mataram as irmãs de meu avô, os pais de meu avô.

Tentei dizer à minha amiga de Berlim que já tinha visto coisas demais em minha viagem pela Alemanha, que começava a perder a dimensão da tragédia, que não me interessava visitar campos de concentração, nem mesmo um daqueles onde o meu avô tinha sido prisioneiro, que para mim todo campo de concentração não era mais que um parque turístico dedicado a lucrar com o sofrimento humano. Mas por fim concordei. Em parte porque sou um indeciso e me custa dizer não às mulheres. Em parte porque toda essa viagem era uma espécie de tributo a meu avô polaco, que tinha chegado à Guatemala depois de sobreviver seis anos — a guerra inteira — como prisioneiro em campos de concentração. Quando criança eu não sabia quase nada de sua experiência durante a guerra, apenas que alguns soldados alemães ou polacos o tinham capturado em frente ao prédio de apartamentos de sua família em Łódź, em novembro de 1939, quando ele tinha vinte anos, enquanto jogava com alguns amigos e primos uma partida de dominó. Meu avô nunca me falava daqueles seis anos, nem dos campos, nem das mortes de seus irmãos e pais. Eu tive que ir descobrindo os detalhes pouco a pouco, em seus gestos e em suas brincadeiras e quase que a despeito dele. Quando criança, se eu deixava comida no prato, meu avô, em vez de me repreender ou dizer alguma coisa, só estendia a mão em silêncio e ele mesmo acabava com toda a comida. Quando criança, meu avô dizia que o número tatuado em seu antebraço esquerdo (69752) era seu número telefônico, e que ele o tinha tatuado ali para não o esquecer. E quando criança, claro, eu acreditava nele.

Na manhã seguinte tomamos um trem que, em menos de uma hora, nos deixou na estação de uma cidade chamada Oranienburg, e de lá um taxista mal-humorado nos levou até a entrada de grades negras do campo de concentração. Tão simples assim, tão rápido assim.

O dia estava fresco e nublado e eu fiquei olhando não a entrada do campo de concentração à minha frente, e sim a velha vizinhança residencial exatamente no outro lado da rua. Uma menina de três ou quatro anos montava um triciclo vermelho. Uma senhora idosa com luvas amarelas estava acocorada e fazia jardinagem ao redor de uma roseira. Adolescentes caminhavam pela calçada, de mãos dadas, dando-se pequenos beijos. E a mim ocorreu que exatamente assim — uma menina brincando, uma senhora idosa podando suas rosas, um casal namorando — se veria essa vizinhança há setenta anos, durante a guerra. Sempre me espantou mais a indolência do homem ante o horror que o horror em si.

Percorremos depressa todo o campo, todo seu perímetro, cuja forma original, fui descobrindo com assombro enquanto caminhávamos, era a de um triângulo equilátero. Minha amiga tentava me mostrar ou explicar algumas coisas e eu só dizia a ela ou suplicava que seguíssemos adiante. A verdade é que não queria saber nada desse lugar, não queria estar ali, só queria apressar o passo e terminar a visita o quanto antes e que fôssemos tomar uma cerveja em qualquer bar da cidade. Mas minha amiga apenas seguiu caminhando junto aos demais turistas. Vimos então os antigos barracões de prisioneiros. Vimos a casa do diretor, a enfermaria, as torres de vigilância. Vimos um objeto de tortura conhecido como O Cavalete, talvez exatamente o mesmo sobre o qual meu avô, depois de ser descoberto com uma moeda de ouro de vinte dólares, recebeu não sei quantos golpes no cóccix com uma varinha de madeira ou de ferro, até perder a consciência. Vimos a Estação Z, um espaço construído para assassinar prisioneiros, e composto por quatro crematórios, vários cômodos onde os matavam com um tiro na nuca, e uma câmara de gás; seu nome, um tanto cínico, fazia referência à última letra do abecedário. Ao terminar o percurso, entrei com minha amiga em um prédio moderno que era a área de recepção do museu. Havia uma cafeteria, uma pequena loja. Minha amiga perguntou se eu queria comer ou comprar algo e eu estava a ponto de dizer a ela que não, que como ia querer comer ou comprar alguma coisa em um campo de concentração, quando vislumbrei uma porta de vidro no final de um corredor que parecia dar no escritório de alguém ou talvez na administração. Perguntei à minha amiga o que era e ela leu para mim o letreiro pintado no vidro. Archiv Gedenkstätte und Museum Sachsenhausen, falou. O arquivo do memorial e museu Sachsenhausen, falou. Perguntei se era possível que tivessem ali alguma informação sobre meu avô, sobre o tempo que tinha passado em Sachsenhausen, e minha amiga, já sorrindo, começou a caminhar em direção à porta de vidro.

Estivemos duas ou três horas procurando entre antigos livros e fólios (ainda não tinham nada digitalizado) qualquer dado de meu avô, León Tenenbaum. Uma garota jovem, pálida, com a cabeça raspada, uma argola de ouro no nariz e vestida com um jaleco branco de laboratório, nos colocou sentados em frente a uma mesa enorme enquanto ia trazendo livros e registros e fólios antigos, todos empoeirados, todos originais, todos datilografados ou escritos à mão por algum oficial alemão. Não ajudava em nada que eu não soubesse as datas precisas em que meu avô tinha sido prisioneiro ali. Ele mesmo não sabia, ou não se lembrava, ou nunca tinha me dito. A garota explicou em alemão — enquanto minha amiga traduzia para o espanhol — que a quase totalidade dos documentos da comandância do campo de concentração, incluídos os cartões de registro dos prisioneiros e quase todas as atas relacionadas a eles, foram destruídos pelas SS na primavera de 1945, diante da iminente libertação do campo; e que os poucos documentos que ainda se conservavam estavam incompletos e dispersos por diferentes livros e arquivos, em particular em arquivos soviéticos. De repente todo o trabalho me pareceu inútil. Já estava por encerrar tudo e me dar por vencido quando a garota perguntou algo em alemão, que minha amiga imediatamente traduziu. Tem certeza que seu avô não tinha outro nome? De pronto não entendi a pergunta, nem dei muita importância a ela. Mas logo lembrei que León era a versão em espanhol de seu nome, e lembrei que minha avó nunca o chamava León, e sim pelo seu nome em ídiche, Leib. E assim o disse a minha amiga, e assim o traduziu para a garota do laboratório, e fácil assim se abriu o último cadeado, e entramos.

Meu avô, Leib Tenenbaum, não León Tenenbaum, primeiro como prisioneiro número 9860, depois como prisioneiro número 13664, tinha estado em Sachsenhausen até sua transferência, em 19 de novembro de 1940, para o campo de concentração Neuengamme, perto de Hamburgo, onde passou a ser o prisioneiro número 131333. Quase cinco anos depois, em 13 de fevereiro de 1945, agora como prisioneiro número 69752 (número recebido e tatuado em Auschwitz), tinha voltado a Sachsenhausen, mas desta vez o tinham alojado no Arbeitslager Heinkel, no campo de trabalhos forçados Heinkel.

Não entendi a confusão de números. O porquê de tantos números. O porquê de ficar trocando de números. Como se na guerra um prisioneiro fosse na realidade muitos prisioneiros, e um homem, muitos homens. Além disso, eu sabia de sua passagem por Neuengamme e depois por Auschwitz, onde lhe tatuaram o número em seu antebraço esquerdo e onde um boxeador polaco, também de Łódź, salvou-lhe a vida, mas era a primeira vez que escutava a palavra Heinkel. Perguntei à minha amiga o que era Heinkel, e ela e a garota do laboratório falaram em alemão por algum tempo. Heinkel, por fim me explicou minha amiga, era uma fábrica perto dali, em Oranienburg, onde os nazis produziam aviões de guerra, em especial um, o modelo He 177. Seu avô trabalhou lá, na Heinkel, falou, durante os últimos meses da guerra. Falei a ela que não podia ser, que meu avô jamais tinha me dito algo sobre isso, que jamais tinha mencionado o nome desse lugar. A garota do laboratório, como se tivesse entendido meu ceticismo, apontou com o indicador a página amarelada e empoeirada do registro. Der Beweis, falou em alemão. The evidence, falou em inglês. Depois começou a contar uma história em alemão para minha amiga, e eu tive que esperar alguns minutos para que minha amiga a traduzisse para o espanhol.

O modelo de avião Heinkel He 177 era um bombardeiro pesado, de longo alcance. Nos últimos meses da guerra, vários desses aviões caíram perto de Stalingrado, misteriosamente, sem nenhum enfrentamento com aviões dos aliados, sem que ninguém soubesse o porquê. E nunca se soube o porquê. Acredita-se, falou minha amiga, que foi uma sabotagem feita por alguns prisioneiros judeus forçados a trabalhar na fábrica Heinkel em Oranienburg. Acredita-se, falou, que alguns judeus de Oranienburg, do seu jeito, ajudaram a derrubar uma pequena frota de aviões nazis. É possível, falou minha amiga, que seu avô tenha sido um desses judeus.

* * *

O irmão mais novo de meu avô polaco, seu único irmão homem, aquele que teria sido meu tio-avô polaco se não tivesse morrido durante a guerra, também se chamava Salomón. Ou melhor, se chamava Zalman, que é Salomón em ídiche. Conservamos na família somente uma foto dele, e isso é tudo, uma só foto como prova de sua existência, de que um tal Zalman alguma vez existiu. É uma velha e danificada imagem dos seis membros da família de meu avô, talvez feita em um estúdio fotográfico de Łódź pouco antes de estourar a guerra, e a qual meu avô, durante o resto de sua vida, manteve pendurada ao lado de sua cama, sobre o criado-mudo. Às vezes meu avô dizia que tinha conseguido a foto com um de seus tios que saiu da Polônia antes de 39. Outras vezes dizia que tinha conseguido guardá-la durante os seis anos que passou nos campos, bem escondida sabe-se lá onde, e depois levá-la consigo para a Guatemala. O jovem Zalman, na foto, parece estar assustado, quase triste, como se soubesse o destino que o espera. Meu avô sempre dizia que seu irmão mais novo era o mais bondoso, que era o melhor estudante e que tinha sido morto durante a guerra. Mas nunca me falou como ele tinha sido morto, nem onde, nem por quê, talvez porque ele mesmo não soubesse (quando criança, eu ficava olhando aquela velha foto na parede, ao lado de sua cama, e imaginava que o irmão mais novo de meu avô, como todo menino Salomón, também tinha morrido afogado em um lago). Ninguém na família sabia de informações sobre a sua morte. Talvez ninguém quisesse saber.

Alguns anos atrás, eu finalmente fiz uma viagem a Łódź. Hospedei-me no famoso e antiquado Hotel Savoy, enquanto lia a novela homônima de Joseph Roth e me tornava amigo do ascensorista, um velho com uniforme preto e gorro preto de sobrenome Kaminski, ou pelo menos com o sobrenome Kaminski bordado em dourado sobre o peito, e que parecia estar sempre dentro do elevador, sentado e esperando a qualquer hora em seu banquinho de madeira. Cada vez que me via entrar, o velho Kaminski se punha de pé, fazia uma ligeira reverência com seu gorro preto, dizia-me dzień dobry, mister Hoffman, e depois, golpeando o peito com o punho fechado, disparava a falar comigo em polaco como se eu o entendesse, e eu ia respondendo a ele em espanhol como se ele me entendesse.

Meu avô jamais voltou a sua cidade natal. Jamais quis voltar. Nem nunca permitiu que alguém da família fosse. Não tem por que ir à Polônia, dizia. Os polacos, dizia, nos traíram. Eu viajei à Polônia contra sua vontade, então, mas com um pequeno papel amarelo onde ele mesmo tinha escrito, pouco antes de morrer, o endereço de sua casa em Łódź, os nomes completos de seus pais e irmãos. Uma última incumbência ou intenção, talvez, ou talvez uma espécie de trepverter, como teria chamado meu avô, que em ídiche significa aquelas palavras que nos ocorre dizer tarde demais, já abandonando as arquibancadas, já de saída.

Em um dos tantos velhos arquivos guardados no escritório da comunidade judaica da cidade, e com a ajuda de uma amiga chamada madame Maroszek, encontramos enfim um documento desbotado, frágil, datilografado todo em polaco e com número de registro 1613, que detalhava como Zalman tinha morrido no gueto de Łódź, na residência de número 12 da rua Rauch (atualmente rua Wolborska, explicou-me madame Maroszek), no dia 14 de junho de 1944, um par de meses antes do extermínio do gueto. O irmão mais novo de meu avô, lemos no documento, de apenas vinte anos, tinha morrido de fome.

* * *

Eu continuava com fome, continuava olhando para cima, para a dentadura postiça de meu avô, quando o rabino da sinagoga de Plantation parou bem à minha frente. Era um senhor com cara de galã, de pele morena e olhos verdes. Parecia acalorado em sua comprida túnica de cetim branco. Segurava uma fina peça de metal prateado cuja ponta era uma mão em miniatura, com o dedo indicador estendido, apontando. Meus dois avôs se puseram de pé.

Alguma coisa o rabino lhes falou com solenidade, seu rosto banhado em suor. Eu não sabia se também devia ficar de pé e então fiquei sentado, olhando para cima, para eles, ouvindo como de repente meus avôs começaram a sussurrar ao rabino nomes e quantias. Um de meus avôs dizia um nome e o rabino repetia esse nome e depois meu avô dizia uma quantia e o rabino repetia essa quantia. Só isso. Nomes e quantias. Primeiro um de meus avôs, depois o outro. E o rabino tomava nota de tudo. Masha, sussurrou meu avô polaco, e depois falou uma quantia. Myriam, sussurrou meu avô libanês, e depois falou outra quantia. Shmuel, sussurrou meu avô polaco, e depois falou outra quantia. Bela, sussurrou meu avô libanês, e depois falou outra quantia. Eu estava um pouco assustado. Não entendia nada. Talvez por causa dos sussurros de meus avôs, tudo parecia ser parte de uma cerimônia proibida ou secreta. Virei-me e ia perguntar para meu pai o que estava acontecendo, mas seu olhar falou mais alto e então achei melhor ficar calado. Meus avôs continuavam de pé, continuavam sussurrando nomes e quantias, e mais nomes e quantias, e de repente, entre tantos sussurros, ouvi claramente que meu avô libanês pronunciou o nome de Salomón.

A ladainha por fim terminou. Todos saímos para o vestíbulo, onde havia uma mesa comprida com bolachas salgadas e bolachas doces e suco de laranja e café, para acabar com o jejum. Meninos já sem seus paletós e gravatas corriam por toda parte. Os adultos só conversavam. Meu pai me falou para comer devagar, para comer pouco. Eu tinha na mão uma bolacha polvilhada, e dava pequenas mordidas nela, quando perguntei a ele em inglês por que meus avôs tinham dito ao rabino todos esses nomes. Com alguma dificuldade, meu pai explicou em espanhol que era uma oração para honrar a memória dos mortos. Yizcor se chama, falou. E as quantias que falavam?, perguntei. Tzedaká, falou. Doações, falou. Uma certa quantia de dinheiro pelo nome de cada morto, falou, e eu imediatamente elaborei um conceito comercial de todo o assunto, compreendi que cada nome tinha seu preço. E como se sabe quanto vale cada nome?, perguntei a meu pai, olhando para cima, mas ele se limitou a um muxoxo de fastio e tomou um gole de café. Eu continuei mordiscando a bolacha. Nomes de familiares mortos, perguntei, e depois de um silêncio ele falou que sim, mas que também de amigos mortos, e de soldados mortos, e dos seis milhões de mortos, e esse número, para um judeu, mesmo para um menino judeu, não necessita de mais explicações. Também o de seu irmão Salomón, então, o que morreu afogado no lago? Sabia que estava fazendo uma pergunta ilícita, até mesmo perigosa. Mas já tinha treze anos, já era um homem feito, já tinha jejuado, já me era permitido fazer as perguntas que os adultos fazem. Meu pai me observou por alguns segundos e eu pensei que estava a ponto de romper em prantos. Não sei do que está falando, balbuciou, e me deixou sozinho com minha bolacha.

* * *

Continuavam caindo gotas esporádicas, grossas, como se o céu ainda estivesse indeciso em deixar cair as primeiras chuvas do ano. O velho molhe mexia com cada onda ou rajada de vento, e me veio à mente que eu estava parado sobre as mesmas tábuas de madeira onde tinha brincado tantas vezes quando criança, e murmurado tantas vezes aquela reza e imaginado tantas vezes como boiava o corpo sem vida do menino Salomón. A casa parecia idêntica à casa da minha memória. O ipê-rosa na margem agora era imenso e frondoso (gostaria de lembrar a palavra bonita que sussurrei ao plantá-lo). Mas o lago já não era o lago azul-profundo da minha infância, nem o lago azul idílico da minha memória, e sim uma espessa sopa de ervilha.

Bacaninha, era assim que eu o chamava, não é verdade?

Dom Isidoro estava usando calças de lona — a bainha enrolada até a metade da panturrilha —, um boné branco com o logotipo do Mayan Golf Club, e uma camiseta cinza muito grande para ele, com a estampa verde e gasta de um trator. Segurava uma vassoura de palha. Seus pés, sobre as tábuas de madeira, pareciam duas tábuas mais.

E você e seu irmão me chamavam Esseteadoro, Essenãoteadoro.

Tinha esquecido por completo que o chamávamos assim, e que ele me chamava Bacaninha. Mas sorri para ele e estreitei sua mão e falei que sim, que era Bacaninha, que era assim que me chamava quando eu era criança. De repente um peixe pulou ou cuspiu na superfície verdosa do lago, como se caçoasse de mim e da minha mentira. Dom Isidoro sorria satisfeito. Tinha o sorriso de quem tende à melancolia. Em seguida soltou a minha mão e, depois de baixar o olhar, continuou varrendo as velhas tábuas do molhe. O que posso fazer por você, meu jovem?

* * *

O que mais me lembro da fábrica de meu pai na Flórida, e é quase só o que, de fato, lembro, são as mulheres nuas. Ou melhor, seminuas. Ainda que para um menino seja a mesma coisa. Lembro a sensação de entrar naquele velho e sujo barracão e, como se fosse a coisa mais normal, encontrar mulheres desfilando seminuas, de salto alto pelos corredores e pela salinha de espera e pelo escritório de meu pai. Sabia pouco sobre a fábrica de meu pai. Sabia que seu sócio era um velho amigo dele da universidade, um peruano judeu, gordo e antipático, que logo acabaria por lográ-lo.

Sabia que a fábrica ficava em um bairro bem latino chamado Hialeah — a uma hora de casa, pela autopista —, e que faziam biquínis e trajes de banho femininos. E sabia que constantemente contratavam modelos profissionais para promover seus novos produtos (meu irmão e eu gostávamos de espiar os catálogos de modelos que meu pai guardava em uma gaveta no seu escritório, como se fossem revistas proibidas). Eu ainda era muito criança para olhar essas modelos com alguma noção de sexualidade ou de erotismo. Mas, para um homem, e não importa sua idade, mulheres seminuas são mulheres seminuas e merecem, por isso, nossa mais profunda concentração.

Em uma sexta-feira à tarde, ao sair do colégio, acompanhei minha mãe à fábrica em Hialeah para levar uns documentos a meu pai. Levava-os nas mãos, enfiados em uma pasta de cartolina branca. Eu tinha uma festa à noite, das minhas primeiras festas já com meninas e música e mãozinhas suadas, e estava nervoso porque achei que iríamos voltar tarde demais. Minha mãe também estava nervosa, mais nervosa que de costume. Tinha muito trânsito na autopista, talvez porque fosse sexta-feira. Não lembro que comentário fiz para minha mãe em inglês — talvez que ela dirigisse muito devagar ou que já era tarde ou algo assim — e ela de repente explodiu. Começou a gritar comigo em espanhol, asperamente, como se eu a tivesse insultado. Não deveria ter falado nada para ela, mas meu comentário não tinha sido para tanto. Eu não tinha idade ou maturidade suficiente, claro, para entender que esses gritos pouco tinham a ver comigo: seu pai, meu avô polaco, estava em um hospital na Guatemala, agredido e ferido ao se defender de dois ladrões que tentaram roubar seu anel de pedra preta (insígnia de luto por seus pais e irmãos assassinados em campos de concentração), enquanto caminhava na avenida das Américas; sua mãe, minha avó, estava se recuperando de uma cirurgia depois que uma moto tinha colidido contra a porta de seu carro, rompendo-lhe a pélvis; e a fábrica de meu pai em Hialeah, com todas aquelas mulheres nuas e seminuas, estava a ponto de quebrar. Minha mãe não parava de gritar comigo. Até pensei que ela estava à beira de um ataque de nervos. E continuava gritando comigo histérica quando, ao longe, por cima dos seus alaridos, escutamos o silvo de uma sirene. Minha mãe parou a pequena caminhonete Chevrolet no acostamento da autopista.

O policial, de pé ao lado do carro, falou à minha mãe que tinha constatado que ela dirigia rápido demais. O rosto da minha mãe parecia ruborizado. Não pode ser, disparou ao policial, em tom insolente, um pouco grosseiro. A senhora estava a oitenta em uma área de sessenta. Impossível, não pode ser, reiterou minha mãe e eu achei melhor fechar os olhos e só escutei quando o policial pediu a ela sua habilitação e os documentos do carro. O senhor está equivocado, falou minha mãe (não gritou com ele, mas quase) e eu apertei as pálpebras com mais força ainda. Por alguma razão, minha mãe sempre agia assim diante de figuras de autoridade, diante de policiais e soldados e funcionários públicos e oficiais de imigração de aeroporto, especialmente os cubanos do aeroporto de Miami. Por favor, saia do carro, senhora. Minha mãe não se mexeu. Não vou sair do carro, falou a ele com firmeza. Houve um longo silêncio. Só se ouvia o bulício do tráfego da autopista. Seus documentos, senhora. Eu abri os olhos e supliquei à minha mãe em espanhol que desse o que ele estava pedindo. Senhora, seus documentos, repetiu o policial, sua voz cada vez mais suave e conciliatória. Minha mãe falou ao policial que ele era um insolente e, suspirando e bufando para que todos os motoristas da autopista a ouvissem, por fim lhe entregou os documentos, através da janela. E eu, para fazer qualquer coisa, para me distrair, por covardia, abri a pasta de cartolina branca.

Era uma carta extensa, em duas folhas datilografadas. Ambas as folhas, não esqueço isso, tinham o logotipo de um enorme e elegante salgueiro-chorão no canto superior direito, e o nome de um cemitério ou de uma casa funerária que agora esqueci ou talvez não tenha captado. Comecei a ler a carta, meio entediado com sua linguagem séria e frívola, até que de repente cheguei à linha onde estava escrito o nome de Salomón. E fechei a pasta branca.

O policial devolveu tudo à minha mãe, e falou que desta vez só lhe daria uma advertência, mas que por favor dirigisse mais devagar. Minha mãe fechou a janela sem dizer nada, e eu sorri. Como de costume, ela tinha se saído bem do seu jeito, tinha triunfado ante a autoridade. Minha mãe, como eu sempre soube, podia desarmar qualquer homem com sua beleza.

De novo rodando pela autopista, atrevi-me a perguntar pela carta na pasta. Não é nada, falou cortante, ainda irritada comigo ou com o policial ou com o trânsito ou com a vida inteira. Era óbvio que queria fumar. Manobrou o carro para uma saída da autopista e de repente tudo ficou mais latino, mais ruidoso. Já estávamos em Hialeah. E por que uma carta de uma funerária?, perguntei em espanhol depois de alguns minutos, em meu tom mais carinhoso. É sobre o irmão de seu pai, meu amor, falou finalmente.

Salomón, falei rápido e ela girou na minha direção e deu um meio sorriso, talvez surpresa por eu recordar aquele nome tão poucas vezes pronunciado. Sim, Salomón, falou. O que morreu no lago, apressei-me a falar. Minha mãe já não estava sorrindo. No lago, perguntou confusa, que lago, meu amor? Em Amatitlán, falei. O menino Salomón, falei. O que morreu afogado no lago de Amatitlán. Minha mãe estacionou na frente da fábrica de meu pai e desligou o motor do carro. Mas ele não morreu em um lago, falou. Morreu em Nova York, falou, quando era criança. E está enterrado lá, em Nova York, falou apontando com o olhar os papéis que eu tinha nas mãos.

Nova York? Como que morreu em Nova York? Como que está enterrado em Nova York? E aquele menino boiando no lago, aquele menino pálido e nu e com o rosto tingido de azul? E aquela reza secreta no molhe?

Mas não falei nada. Não sabia o que dizer. Não sabia nem o que pensar. O menino Salomón tinha morrido no lago. Disso estava certo. Ou pelo menos estava certo de que era isso que tinham me dito quando criança, na Guatemala. Ou não?

A porta do barracão se abriu e saiu voando em nossa direção um grupo de mulheres seminuas.

De onde você tirou que morreu no lago, meu amor?

* * *

A neta de dom Isidoro estava de pé na frente de uma chapa de barro, assando tortilhas. De tanto em tanto, pegava do chão uma acha de lenha ou um nó de pinho e o lançava no meio do fogo. Chamava-se Blanca. Estava grávida. Teria talvez quinze anos. Fora ela quem tinha aberto o portão para mim. Sobre a chapa, uma enferrujada jarrinha de peltre esquentava devagar.

Dom Isidoro tinha me convidado a tomar um café em sua casa, que na verdade era um pequeno casebre precário, mal-acabado, de blocos de cimento e chapas de metal e algumas tábuas grossas. Ficava na entrada da propriedade, justo ao lado do portão negro, como uma espécie de guarita ou casa de guarda. Dom Isidoro e eu estávamos sentados em dois bancos de madeira, em lados opostos de uma mesa rústica e quadrada, sobre a qual havia um feixe de feijões secos e alguns volantes de loteria. As paredes ao nosso redor eram de tijolos. O piso era de lajotas de cimento cru. Um rádio portátil, sintonizado em uma estação de marimbas, estava pendurado em um prego na parede, entre um pôster da Virgem Maria e outro de Jesus. Diante de nós, Blanca se movia em silêncio, como se flutuasse da chapa até um fogareiro a gás com uma única boca, e da chapa aos dois cestos de vime com frutas e verduras, e da chapa a um tanque de cimento pintado de vermelho e cheio de trastes imundos. Folhas de eucalipto fumegavam em um incensário de barro. Largado em um canto, o cachorro observava com receio ou quem sabe com antevisão uma galinha do lado de fora da porta aberta, bicando coisas no chão do jardim, um cordão fino amarrado a uma de suas patas. Sobre as chapas do teto retumbava cada gota de chuva, como se cada gota de chuva, ao cair, estivesse anunciando seu próprio nome.

Eu não sei nada sobre isso, falou dom Isidoro quando terminei de contar minha lembrança, talvez enganosa, de um menino afogado ali mesmo, perto do molhe. Nem sequer sabia, rapaz, que seus avós tinham tido outro filho homem, murmurou, penteando o cabelo branco com uma mão. Falei para ele que sim, que teria sido o irmão mais velho de meu pai, que se chamava Salomón. Veja você, falou com a voz meio perdida, então Salomón se chamava o menino, e dom Isidoro ficou com a boca aberta, e me ocorreu que ele parecia sempre a ponto de esquecer a palavra que queria falar. Naquele instante Blanca se aproximou. Colocou sobre a mesa duas canecas de peltre e um cinzeiro de plástico e dom Isidoro, como se sua neta grávida o estivesse incitando a fumar, tirou do bolso da calça um pacote enrugado de Rubios mentolados. Não gosto de cigarros mentolados, mas acabei por aceitar um. Diga-me, rapaz, você e seus irmãos cresceram fora do país, não é verdade?, perguntou dom Isidoro enquanto dava uma baforada, e eu falei que sim, que fomos embora do país quando crianças, aos Estados Unidos, e passamos muitos anos lá. Tantos anos, falei, que às vezes sinto que já não sou daqui. Dom Isidoro deu um par de estalos com a língua, sorrindo, meneando a cabeça como se apontasse a totalidade daquilo que nos rodeava. Você, rapaz, falou, sempre vai ser daqui. E ambos fumamos por um tempo na suave afonia das marimbas e da chuva no teto e da lenha estalando e da jarrinha de peltre borbulhando sobre a chapa. Dom Isidoro me perguntou o que tinha acontecido com Salomón, e eu falei que aparentemente tinha morrido nos Estados Unidos, em Nova York, e que lá estava enterrado. Mas o que não consigo entender, falei, é por que eu cresci convencido de que ele tinha se afogado aqui em Amatitlán, quando criança, perto do molhe. Não sei se imaginei ou se sonhei isso tudo, falei, e minha voz soou estranha. Não sei se alguém me contou isso, falei, para me enganar, ou para zombar de mim, ou para me assustar, ou talvez para me fazer ficar longe do lago. Calei-me e traguei longa e profundamente, como se a fumaça mentolada fosse oxigênio, enquanto minha mente embaralhava uma vez mais cada uma das hipóteses que justificasse ou explicasse minha lembrança, talvez enganosa, de um menino afogado perto do molhe, e repetindo a mim mesmo que, segundo a epistemologia epicurista, se existem várias possíveis explicações para se entender um fenômeno, é preciso agarrar todas.

O cigarro pendurava-se do lábio inferior de dom Isidoro. Ele arrumava os volantes de loteria sobre a mesa e me olhava com o olhar de um menino que não sabe a resposta, ou que sabe muito bem a resposta, mas não se atreve a dizer.

Blanca nos serviu café nas duas canecas de peltre. Tornou a pôr a jarrinha sobre a chapa e ficou ali, em frente à chapa, ativando as brasas com um abanico de palha. O café tinha gosto de neblina.

Eu me lembro de um menino que se afogou no lago, naqueles anos, falou de supetão dom Isidoro enquanto fumava. Mas não aqui, e sim do outro lado da baía, lá pelos lados da aldeia Tacatón. Ergueu sua caneca de peltre e tomou a metade do café de um único gole. Diziam que o menino caiu de uma lancha, falou, no meio do lago, e que ninguém da lancha se deu conta. Dom Isidoro tomou outro longo gole, deixou a caneca vazia sobre a mesa. Seu corpinho por fim apareceu alguns dias depois, na orla de Tacatón, falou. O lago se encarregou de expeli-lo, falou. Ou ao menos era o que diziam os lá da aldeia. Eu não sei ao certo, falou à maneira de ponto-final e esmagou seu cigarro no cinzeiro de plástico. Perguntei se Tacatón ficava longe e ele falou que nem tanto. Perguntei se ele lembrava em que ano tinha acontecido o acidente da lancha, e ele só coçou a nuca e meneou a cabeça. Perguntei se tinha sido um menino do lugar ou um menino da capital, e ele falou que da capital, depois falou que do lugar, depois falou que não lembrava muito bem. Perguntei se ele sabia o nome do menino, e dom Isidoro tossiu um par de vezes: uma tosse rouca, áspera, com ecos de tristeza. Isso eu não sei, rapaz.

Blanca jogou um ramo fresco de eucalipto sobre as brasas do incensário, depois caminhou em silêncio até nós, trazendo a jarrinha de café.

E se esse menino também se chamasse Salomón?, falou enquanto enchia minha caneca. Não falei nada, não sei se mais surpreendido por sua voz tão dócil e doce ou se por suas palavras, as primeiras desde que tínhamos sentado. Talvez, continuou Blanca enquanto enchia agora a caneca de seu avô, o senhor apenas confundiu dois garotinhos mortos, porque os dois se chamavam Salomón.

Dom Isidoro estendeu uma mão, a colocou suavemente sobre a barriga redonda de sua neta, e ali a deixou.

* * *

Algum tempo antes de viajar de carro a Amatitlán, liguei para a casa do meu irmão no sul da França para lhe contar que queria ir até o lago (ou talvez falei que precisava ir até o lago) para procurar o chalé de nossos avós. Meu irmão primeiro falou algo que não consegui escutar bem devido à má conexão internacional, depois me perguntou onde eu estava. Falei que em Nova York, apenas de passagem. Pensei em lhe dizer que estava ali de passagem para me encontrar com uma amante secreta, para acudir a uma tarde de jazz em um apartamento do Harlem, para procurar as pistas de uma sepultura proibida, para receber um dinheiro da Guggenheim que depois gastaria em uma viagem a Alemanha, Polônia, a Łódź. Mas só lhe perguntei se ainda se lembrava do chalé em Amatitlán. Não muito, falou. Perguntei se ainda lembrava as palavras da reza secreta que quando crianças tínhamos inventado e que murmurávamos no molhe do lago, antes de nos lançar à água para nadar. Que reza secreta?, falou meu irmão. A reza secreta que inventamos para nós em Amatitlán, falei meio confuso, para afugentar o fantasma do menino Salomón. Que menino Salomón?, falou meu irmão. Estive a ponto de lhe entoar a gritos a reza inteira. Depois estive a ponto de perguntar se estava fumando algo. Mas por sorte me contive a tempo e só perguntei se de verdade não se lembrava do menino Salomón, o filho primogênito de nossos avós, aquele que teria sido o irmão mais velho de nosso pai. Meu irmão ficou calado alguns segundos. Como se estivesse processando minhas palavras. Ou como se minhas palavras tardassem alguns segundos em encontrar seu caminho de Nova York até o sul da França. Ou como se estivesse concentrado em enrolar um bom baseado. O nosso pai tinha um irmão mais velho?

* * *

Não sei se eu estava mais deslumbrado com seus olhos azuis-celeste ou com a ideia de que tinha estado na prisão.

Chamava-se Emile. Era o irmão mais novo do meu avô libanês. Vivia com sua nova esposa em um prédio arruinado de Alton Road, em Miami Beach, não tão longe da nossa casa, e só a algumas quadras da loja da tia Lynda, a irmã mais nova dos dois. Aproveitando que meus avós estavam passando alguns dias conosco — não lembro se de férias ou para ajudar meu pai com os problemas da fábrica —, o tio Emile tinha convidado todos para jantar em um restaurante italiano do bairro, na praia (a tia Lynda, como de costume, tinha arrumado uma desculpa). O dono do restaurante, um tipo grande e gordo chamado Sal, era seu amigo ou talvez seu sócio, não ficou muito claro para mim. Big Sal, o chamavam. Anos depois, quando o gordo Sal apareceu morto na praia com uma rosa sobre o peito, finalmente eu soube que ele fazia parte da máfia italiana de Miami.

Foi nessa noite que conheci o tio Emile. Creio que foi quando tomei conhecimento de sua existência. E logo ao chegar e vê-lo de pé na entrada pintada de turquesa do restaurante, tão elegante enquanto fumava um charuto ao lado de seu amigo ou sócio, passei a entender por que ninguém o tinha mencionado antes a mim.

Então você é o pequeno Eduardo, falou-me em inglês, ainda do lado de fora do restaurante. Estava vestido com um terno cinza prateado, camisa branca, gravata preta e lenço igualmente preto dobrado no bolso do paletó. Suas abotoaduras, impossível esquecer, eram duas grandes esmeraldas engastadas em ouro. Tinha o cabelo ralo e completamente branco, os olhos mais azuis-celestes que eu já tinha visto, e um desses narizes compridos e retos cuja ponta parece estar sempre mostrando o caminho. Não entendi como meu avô libanês podia ter um irmão tão distinto, tão elegante. Isto é para você, falou o tio Emile, entregando-me um pacote. Feliz aniversário, falou, e seu gesto me surpreendeu. Eu tinha feito quatorze anos um par de meses antes, mas de todo modo recebi e agradeci o presente. Vamos entrando, convocou o tio Emile ao grupo, um braço sobre meus ombros, e não mais me largou pelo resto da noite.

Ficou evidente, para mim, que meu avô e seu irmão não se davam bem. Começaram a discutir desde que nos sentamos (várias vezes mencionaram o nome da tia Lynda, em murmúrios, como se fosse um nome proibido), suas vozes já um tanto pungentes, suas recriminações às vezes em francês, às vezes em inglês, às vezes em árabe. Edouard, o tio Emile chamava meu avô, em francês, idioma que eles tinham aprendido em Beirute, quando crianças, durante a ocupação francesa. Atrás de nós, sobre um pequeno palco, uma senhora com peitos enormes e demasiado maquiada cantava peças de ópera, à capela, em italiano. Eu estava sentado ao lado do tio Emile, que a todo momento interrompia sua conversa com os demais adultos para me fazer uma pergunta ou me dizer que olhasse as pernas da cantora ou me dar para provar um bocado de algum de seus antepastos favoritos ou um sorvo de sua graspa às escondidas. E eu ia provando tudo com devaneio, enquanto as recriminações entre ele e meu avô aumentavam, e enquanto olhava como os dedos pálidos e delicados do tio Emile — sempre ao ritmo da música — pareciam estar tocando as teclas de um piano invisível sobre a toalha branca da mesa.

Dali a pouco chegou o garçom com um bolo de chocolate. A senhora desceu do palco e cantou para mim em italiano bem de pertinho, acariciando meu cabelo com uma mão rechonchuda, e eu achei isso um pouco absurdo passados dois meses do meu aniversário. Depois o mesmo garçom voltou e deixou uma xicarazinha de espresso na frente do tio Emile, que imediatamente, enquanto acendia um charuto, inclinou-se para mim, estendeu seu braço sobre meus ombros e me puxou até ele. Queria me dizer algo sem que os demais ouvissem.

Vamos lá, abra seu presente, sussurrou com um rápido sorriso. Mas faça isso escondido, acrescentou, teclando uma breve melodia sobre a toalha branca. E eu felizmente obedeci. Coloquei o pacote no meu colo e removi o papel de embrulho bem devagar, sem fazer ruído, e sem que ninguém me visse. Era um livro. Creio que o tio Emile notou a decepção em meu rosto porque logo soltou uma risadinha. Olha dentro, sussurrou, seu dedo indicador sobre os lábios.

* * *

Era como se visse meu avô disfarçado de mulher.

Ela se chamava Lynda, e sua loja, um comércio de toalhas de linho com rendas em Lincoln Road, em Miami Beach, Lynda's House of Linen. Era a irmã mais nova, e quase idêntica a ele, de meu avô. Os dois tinham o mesmo corpo largo e robusto, as mesmas mãos, a mesma pele, que de tão pálida parecia rosada, o mesmo sotaque libanês (suas palavras desabavam no mundo com o peso de lingotes de aço), exatamente o mesmo jeito de andar. Meu pai gostava de levar meu irmão e eu para visitá-la em sua loja de Miami Beach em alguns sábados à tarde, e nos deixávamos levar de má vontade, de mau humor, obrigados a ter de sacrificar nosso sábado por um par de horas de aborrecimento naquela loja quente e enclausurada e com cheiro de anciões. Mas justo nos arredores, por sorte, em um lugar que brilhava num cor-de-rosa de chiclete, havia uma sorveteria.

Naquela tarde, assim que nos viu chegar, a tia Lynda tinha corrido para receber meu irmão e eu à porta, e nos abraçar e nos encher o rosto de batom vermelho. Depois tinha pegado nossas mãos e nos levado atrás do balcão e, como fazia toda vez que íamos visitá-la, tinha nos presenteado com um fino lenço de algodão branco, provavelmente uma amostra ou uma sobra. Nós nunca sabíamos o que fazer com aquele lenço (caçoávamos em segredo que era para limpar o batom vermelho do rosto), um lenço que ademais devíamos compartilhar. De todo modo, agradecemos a ela e nos sentamos em dois tamboretes altos para ver como a tia Lynda vendia toalhas a senhoras emperiquitadas de Miami Beach (anos depois entenderíamos que seu negócio era uma mina de ouro, e tia Lynda era uma grande comerciante), esperando inquietos que meu pai nos falasse que já podíamos ir à vizinhança, para um sorvete.

Não foi minha culpa.

O inglês da tia Lynda sempre me soava picotado, quase enfadado, e estas últimas palavras ainda mais. Não foi minha culpa, entende?, repetiu ela a meu pai. Estava de pé atrás do balcão, lidando com a caixa registradora. Tinha o rosto avermelhado, o olhar nervoso, o cabelo branco um pouco desalinhado. Eu nunca falei que tinha sido culpa sua, tia, sussurrou meu pai, com a voz baixa e calma, talvez para tranquilizá-la, ou talvez para que meu irmão e eu não ouvíssemos sobre o que estavam falando. Todos vocês sempre acreditaram que foi minha culpa, gritou a tia Lynda, com a mão erguida, como se estivesse jurando lealdade, ou apontando com a mão a todos aqueles que acreditavam que ela fosse culpada. Mas, culpada de quê? De que estavam falando? Todos vocês, ela alfinetou meu pai, mas especialmente sua mãe, e a caixa registradora, fazendo-lhe eco, fez soar sua campainha. Meu irmão estava me dizendo algo do seu tamborete. Eu tentava ignorá-lo para prestar atenção, até que ele me chutou a perna e balbuciou que olhasse rápido, ali, na nossa frente: uma mulher jovem e loira estava inclinada sobre uma bancada de toalhas, sua blusa frouxa e semiaberta, e do nosso ângulo podíamos ver nitidamente um de seus seios. Salomón não era minha responsabilidade, entende?, falou a tia Lynda agora de forma mais suave, quase conciliadora. A mulher jovem se inclinou um pouco mais (parecia modelo ou atriz), e sua blusa se abriu um pouco mais (parecia que não usava sutiã), e eu não podia deixar de ver o fulgor pálido de seu peito (senti, como sempre, a comichão de luxúria ao redor da boca), enquanto escutava que a tia Lynda dizia algo sobre Nova Jersey, e sobre Atlantic City, e de estar nesse tempo recém-casada, e de viver longe do menino Salomón quando o menino Salomón morreu em Nova York. Eu continuava tentando ordenar suas palavras, dar algum sentido a elas, mas também continuava observando como a mulher jovem se endireitava, passava uma mão na longa cabeleira loira, arrumava a blusa e, depois de lançar um olhar furtivo em nossa direção, saía devagar da loja. O que aconteceu em Nova York não foi minha culpa, insistiu a tia Lynda, e meu pai, cabisbaixo, com os braços cruzados, ficou em silêncio. E eu entendi esse silêncio de meu pai não como uma insegurança, nem como um titubeio, muito menos como uma derrota, e sim como uma maneira de proteger a meu irmão e a mim de algo muito maior que nós, de algo sinistro que se avizinhava.

* * *

Não lembro com qual livro o tio Emile me presenteou naquela noite, naquele restaurante italiano de Miami Beach, e estou seguro de que ele, se estivesse vivo, também não lembraria. O livro, acredito, não era nada mais que uma desculpa para me dar o que estava dentro, e que guardei e cuidei bem desde então: o tio Emile, com o orgulho de um mosqueteiro, tinha enfiado dentro do livro um recorte de jornal que contava a façanha que o tinha levado à prisão.

Hoje eu gostaria de acreditar que ele me deu um presente especial, único, só para mim. Mas duvido. Imagino-o nessa mesma tarde sentado em seu apartamento de Alton Road, abrindo uma gaveta de sua escrivaninha e pegando um das centenas de recortes de jornal que contavam sua história e que ele mantinha ali, guardados, para depois ir distribuindo e presenteando pelo mundo. Naquela noite, então, meio extasiado e ignorando os gritos da cantora ao fundo e de meu avô e minha avó e do tio Emile, li a notícia — a primeira de muitas vezes — de como o tio Emile, em 1960, fazendo-se passar por um apostador de Las Vegas chamado John McGurney, tinha extorquido uma madame milionária de Miami.

Dizia a notícia que o tio Emile primeiro tinha feito com que a senhora Genevra McAllister, uma viúva dez anos mais velha, se enamorasse dele, e que depois outro dos homens incriminados, um tipo de Chicago chamado Albert George, tinha se disfarçado de padre e tinha casado os dois. Padre Leon, era como ele dizia se chamar, mostrava a notícia. Albert George e o tio Emile, então, com a ajuda de dois irmãos de Miami de sobrenome Adjmis, convenceram a senhora a comprar uma fábrica de lingeries na França. Uma fábrica de lingeries feitas por freiras, dizia a notícia, e que ajudava crianças órfãs. Uma fábrica inexistente, dizia a notícia. Depois os quatro homens convenceram a senhora a ir comprando a cidade inteira na França, insistindo que assim ela ajudaria a evitar que tomasse conta da cidade um alemão chamado Finkelstein. Dizia a notícia que a senhora McAllister acreditava estar ajudando não só as freiras e as crianças órfãs, mas salvando a cidade inteira do alemão Finkelstein. Uma cidade e um alemão inexistentes, dizia a notícia. A senhora McAllister declarou durante o julgamento que ela estava vivendo dentro de uma espécie de névoa, que os quatro homens tinham chegado e devolvido as luzes e os coquetéis à sua vida de viúva. E que assim então, pouco a pouco, ela foi entregando a eles todo o seu dinheiro: mais de um milhão e duzentos mil dólares, se estimava. Os quatro homens, dizia a notícia, foram condenados a cinco anos de prisão.

Quando terminei de ler e levantei o olhar, minha avó já não estava na mesa (mais tarde me explicaram que tinha se dirigido ao toalete, enfurecida). Meu avô estava agora de pé, gritando algo ao tio Emile, que seguia sentado ao meu lado e gritava de volta ao meu avô. Meu pai tentava acalmá-los. O gordo Sal tentava acalmá-los. Minha mãe tinha uma mão sobre a boca e estava a ponto de chorar. Meu irmão, longe de mim, do outro lado da mesa, parecia assustado. A mulher no palco seguia cantando uma ópera triste. E a mim pareceu, ouvindo-os gritar, que dois irmãos não podiam ser mais diferentes. Meu avô era honrado, trabalhador, tão leal aos seus que sempre acabava por ajudá-los e protegê-los (anos depois fiquei sabendo que meu avô não só mandava a seu irmão uma mesada, mas que depois, quando o tio Emile morreu, continuou mandando a mesma quantia todos os meses à sua viúva), enquanto o tio Emile levava a vida sem responsabilidade alguma, de mulher em mulher, de festa em festa, de golpe em golpe. Não lembro por que estavam brigando naquela noite, ou talvez nunca soube, pois para mim era impossível entender seus gritos em árabe e francês. Só lembro que de repente meu avô gritou algo em árabe e o tio Emile sacudiu a cabeça e ficou de pé, esmagando seu charuto em um cinzeiro de prata. Pela primeira vez naquela noite a mulher parou de cantar. E eu soube então que o jantar tinha acabado. Os dois velhos irmãos estavam se olhando de frente, em silêncio, como dois pistoleiros desafiando-se a disparar. Tudo se congelou por alguns segundos. Todos no restaurante se calaram por alguns segundos, o suficiente para que o último grito em inglês do tio Emile ficasse ressoando no restaurante inteiro, enquanto apontava para meu avô com bem mais que seu dedo indicador. E você, Edouard, gritou, abandonou seu filho Salomón.

* * *

As vielas de Tacatón estavam vazias. Os únicos pedestres que encontrei, e aos quais quis perguntar algo de dentro do carro, afastaram-se com desconfiança. Decidi estacionar o Saab na rodovia mesmo, em frente a uma pracinha pintada de amarelo e verde, com duas goleiras, duas cestas de basquete, uma igreja amarela em um dos extremos e uma fonte redonda no outro, sem água, apenas como adorno. Permaneci sentado no carro alguns minutos, apenas vendo como as gotas de chuva sumiam logo depois de cair sobre um ponto — o muro amarelo da igreja ou o chão da pracinha ou o para-brisa do carro —, e compreendi que todas essas gotas de chuva, mais do que sumir, na verdade explodiam. Fiquei quieto, concentrado no vidro, escutando todas as explosões brancas que aconteciam ali. Um sem-fim de explosões brancas na tarde escura de Tacatón. Mas explosões não como as de bombas, nem de balaços, tampouco como de fogos de artifício, mas como de uma série infinita de pratos ou címbalos de uma grande sinfonia branca.

Um pouco depois saí do carro e caminhei um par de quadras sob a chuva. Em um dos lados da rodovia tinha uma fileira de casinholas de chapas corrugadas que dava a impressão de ter brotado espontaneamente. Uma barbearia, uma borracharia, uma carpintaria (fazem-se antiguidades, dizia a placa), uma tenda de pão doce e champurradas, uma birosca pintada de azul-marinho em cuja frente estava escrito — em grandes letras pretas — que ali se forravam assentos de moto, reparavam-se calçados, vendiam-se cocos a cinco quetzales, arrebentavam-se pedras com dinamite. Mas não tinha ninguém. Todas as casinholas estavam fechadas. Atravessei depressa um beco de paralelepípedos até a única porta aberta, o único lugar que vi aberto a essa hora da tarde. E assim que cruzei o umbral me arrependi de ter entrado.

Um homem gordo e bigodudo jogava bilhar. Num canto, olhando-o jogar de uma cadeira de plástico, estava sentada uma mulher muito jovem, quase uma menina ou adolescente, vestida com minissaia vermelha e sapatos brancos de salto alto. Uma longa trança preta pendia de cada um dos seus ombros. Segurava algo escuro no colo. Pareceu-me, talvez por seu jeito esparramado na cadeira, que estava chorando ou que já tinha chorado. Perto dela, outras duas mulheres dançavam devagar, bem abraçadas. Um velho estava recostado contra a parede do fundo, na parte mais escura do lugar, apenas olhando as duas mulheres dançarem, e me pareceu na escuridão que o velho tinha o rosto pintado. Mas pintado de branco, como o de um palhaço. Pensei que talvez o lugar fosse um botequim. Ou talvez fosse um salão de bilhar. Ou talvez fosse um prostíbulo. Não tinha certeza. Apenas podia imaginar. A única luz era a que entrava pela porta aberta, às minhas costas. Uma rancheira soava em um rádio ao longe.

O general mandou o senhor?, perguntou o homem gordo sem me olhar, inclinado sobre a mesa e a ponto de tacar uma bola de bilhar. Sua pergunta me deixou confuso e ia responder algo a ele quando divisei um objeto negro sobre o pano verde da mesa, que primeiro achei que fosse o pequeno rádio do qual saía a rancheira, mas em seguida, quando meus olhos se adaptaram à pouca luz, percebi ou acreditei perceber que era uma pistola. Então o general mandou o senhor?, voltou a perguntar o homem, um pouco mais áspero, agora ereto e me olhando com dureza. As duas mulheres tinham parado de dançar e também me observavam. O velho maquiado gritou algo do fundo do lugar, que podia ser uma ameaça ou um insulto, e depois começou a se aproximar da mesa de bilhar. Vinha direto para mim. Mas o homem bigodudo fez um gesto com a mão detendo-o (como se falasse que deste pentelho cuido eu) e o velho maquiado ziguezagueou de volta para a parede do fundo. Eu não podia ou não queria tirar os olhos do que possivelmente era uma pistola sobre o pano verde, no meio da mesa, no meio do jogo, como se fosse uma bola a mais, mas consegui recuperar a concentração e balbuciar ao homem que não, que me perdoasse, que só procurava um lugar para comer. Foi a primeira coisa que me veio à mente, como um pedido de desculpas. As duas mulheres se abraçaram de novo. O homem, depois de um suspiro, voltou ao seu jogo de bilhar. À sua direita, rodovia acima, falou com sobriedade, não sei se decepcionado ou incomodado. Agradeci a ele. E já estava retrocedendo até a porta aberta, já sentindo outra vez as gotas de chuva, quando a coisa escura no colo da menina saltou para o chão e miou para mim.

* * *

Era um restaurante pequeno e sem nome, pelo menos sem nenhum nome à vista. As paredes, pintadas com o mesmo verde da pracinha, estavam cheias de pôsteres e bandeirolas da cerveja Gallo (todos ou quase todos com mulheres de biquíni). Não havia mesas nem cadeiras, só um comprido balcão de pinho cru, com quatro bancos altos. Um velho estava sentado em um dos bancos: inerte, encurvado, seu rosto quase enfiado na sopa que fumegava diante dele. Em outro banco, um adolescente tinha a cabeça pousada sobre o balcão, dormindo ou talvez bêbado. Uma senhora atarracada olhava para a televisão atrás do balcão. De pronto, desligou-a e se pôs de pé.

Bom dia, falou com um meio sorriso cheio de compaixão e de ouro. Eu a saudei, secando o rosto com a manga da camisa e sentando em um dos bancos, e pedi uma cerveja. O velho sequer levantou o olhar. Pode ser Gallo?, perguntou ela, e eu falei que sim, que obrigado. A senhora abriu a porta de vidro de uma pequena geladeira e pegou uma garrafa. Sirvo-lhe algo para comer?, indagou enquanto limpava e secava a garrafa com seu avental e depois a colocava no balcão, à minha frente. Perguntei do que era a sopa que estava tomando o velho. É um cozido, falou ela. Chirín, se chama. Nosso prato típico por aqui. Vi que o caldo na enorme vasilha estava cheio de pedaços de peixe, cenoura, metades de espigas de milho, caranguejos inteiros. Muito saboroso, murmurou o velho sem me olhar, suas mãos comprimindo as delgadas tenazes de um caranguejo. E escutando o velho chupar as tenazes, imaginei que todos esses peixes e mariscos eram dali mesmo, e que o velho estava chupando a água tóxica do lago. Também tem galinha caipira com arroz, falou a senhora. Tem pimentão recheado, choupa frita, tamales e até um feijãozinho. O cara bêbado resmungou algo, depois voltou a dormir. Reparei que sobre o pinho cru do balcão tinha um prato de plástico vermelho com algo que parecia amendoins assados, ainda que mais redondos e escuros, quase como grãos queimados de café, e perguntei à senhora o que eram. Tanajuras, falou ela. Bem tostadinhas, falou, com sal e limão. Tomei um gole de cerveja e falei que nunca as tinha provado, que nunca as tinha visto cozidas, que sequer sabia como eram preparadas. A senhora explicou que primeiro as jogava sobre a chapa de barro, para matá-las com o calor, antes de tirar asas e patinhas e cabeças. Desse jeito, de uma em uma, falou. Muito trabalho, falou. É que só se come o pequeno corpo redondo de cada tanajura, falou mostrando uma bolinha invisível entre o indicador e o polegar. Depois joga-se de novo na chapa os corpos das tanajuras e tosta-se devagarzinho, com sal e limão. Prove-as, falou empurrando o prato até mim. E eu então, enquanto esticava a mão e provava um abdômen de tanajura e depois outro (salgados, crocantes, com um ligeiro sabor de torresmo), só conseguia pensar nas brigas de tanajuras que meu irmão e eu fazíamos quando crianças. Todo mês de maio, após as primeiras chuvas, o jardim se enchia de tanajuras enormes e furiosas, e nós, durante as tardes, ao voltar do colégio, metíamos duas em uma caixinha de papelão ou em uma lancheira — seu próprio ringue — e elas imediatamente se punham frente a frente e começavam a lutar. Às vezes até a morte. Às vezes fazíamos apostas. Já não se vê tantas como antes, balbuciou o velho, as tenazes ainda em suas mãos. Por isso custa mais, falou a senhora. Já não se encontram tantas nem aqui na aldeia nem no monte ao redor do lago. Ia dizer a eles que talvez já não houvesse tantas tanajuras como antes por causa da redução dos bosques nas montanhas, ou por causa do uso abusivo de produtos químicos e pesticidas, ou por causa de todas as crianças que as punham para brigar até a morte em nossas lancheiras. Mas só tomei um longo gole de cerveja. Ficamos os três em silêncio um momento e aproveitei esse silêncio e perguntei se por acaso se lembravam de um menino que tinha se afogado ali, ou perto dali, nos anos setenta. Ai, não, que é isso, apressou-se a dizer a senhora, quase sem ter escutado a pergunta, como se a própria pergunta sobre um menino morto a tivesse assombrado. O velho continuou só chupando e sugando as tenazes. Depois de tomar outro gole de cerveja, falei que estava procurando alguém que talvez se lembrasse daquele menino, cujo corpo, segundo me tinham dito, apareceu boiando na orla de Tacatón. A senhora lançou um olhar furtivo ao velho, um olhar que não durou mais que uma fração de segundo, mas que estava cheio de suspeita ou desconfiança. E me ocorreu que, nessa fração de segundo, os dois talvez tenham pensado que eu fosse um agente da polícia, ou um oficial do exército, ou um representante do governo, e ainda que soubessem algo, não me diriam. Então tomei um gole de cerveja demasiado morna e, com minha melhor voz de barítono, falei: O menino que morreu no lago era irmão de meu pai.

O velho deixou de chupar água tóxica. A senhora, seu olhar agora piedoso, persignou-se. E eu convenci a mim mesmo de que não os estava enganando, de que não era uma mentira, de que essa versão da história alguma vez tinha sido verdade, pelo menos para mim.

Quem sabe dona Ermelinda se lembra de algo, falou o velho. Sim, quem sabe, acrescentou a senhora. Essa chorona se lembra de tudo, falou o velho com uma risadinha entre tímida e arrependida. Perguntei onde podia encontrá-la, se vivia na aldeia. Dona Erme vive aqui, por certo, falou a senhora. Sua casa é mais abaixo, perto do lago. Mas vá saber se estará lá, falou. Vai muito ao monte, para procurar suas folhinhas. O bêbado voltou a grunhir. Estava babando sobre o balcão. Dê-me um instantinho e eu lhe mostro o caminho, falou o velho sem me olhar, uma tenaz entre as mãos enquanto bebia sorvos de um caldo aquoso e amarelado. Falei que era muito amável de sua parte. Saquei um par de notas e as dei à senhora e falei que pagava o cozido do velho, que resmungou algo entre os sorvos. Depois colocou a vasilha no balcão, limpou o bigode acinzentado com uma mão, tornou a pôr seu chapéu de palha e, muito sereno, não sei se com franqueza ou dissímulo, acrescentou: Que Deus o proteja, viu?

* * *

Em um pátio coberto, sobre uma mesinha ou altar, entre uma rede de sisal e um par de cadeiras de plástico, havia um boneco de roupa preta e chapéu preto rodeado por velas de todas as cores e lamparinas apagadas e ovos brancos e charutos enrolados à mão e um traguinho de aguardente Quezalteca e a cabeça decapitada e ainda sanguinolenta de um peru.

Tínhamos caminhado até ali por uma trilha tão estreita que só cabia uma pessoa. Eu ia atrás do velho, seguindo seu chapéu de palha na chuva, quando ele falou que dona Ermelinda era uma fomentadora. Falei que nunca tinha escutado essa palavra e o velho esclareceu que ela era uma curandeira, mas que as pessoas da aldeia a chamavam de fomentadora, pois para curá-las de enfermidades as fomentava com óleos e misturas e unguentos que ela mesma fazia. Qualquer mal-estar, falou o velho. Quebraduras, cortes, febres, gravidezes, cânceres, falou. Usa, sobretudo, ervas e raízes, falou. Mas às vezes usa outras coisas, falou o velho, e preferi não perguntar mais.

Já levava uma hora esperando-a debaixo das ramas de uma araucária, fumando. A chuva agora era uma cortina de seda, apenas perceptível, mas constante. Havia um caíco imóvel na água, ao longe, seu contorno negro apenas visível na penumbra do ocaso. Um pequeno vilarejo começava a cintilar do outro lado do lago. Atrás de mim, a montanha inteira parecia o guincho de um só morcego. Fiquei vendo a água, tão escura e serena àquela hora da tarde, e de repente me ocorreu que ali mesmo, no fundo do lago, ainda estava meu relógio de borracha preta, ainda cronometrando, ainda à espera de que chegasse o ponto-final daquela linha reta, daquele último passeio de prancha. Eu continuava fumando, tentando não me molhar tanto na chuva nem prestar muita atenção ao sangue fresco no chão do pátio coberto, quando por fim vi a anciã surgir pela margem. Esmaguei meu cigarro na terra.

Ela caminhava devagar, balançando-se para os lados, capengando, como se tivesse uma perna um pouco mais comprida que a outra. Estava descalça. Sua cabeleira prateada e lisa brotava de um tocoyal de cor azul-turquesa e chegava às suas cadeiras. Usava uma roupa bem cortada, um bonito huipil branco com flores bordadas em fios verdes e azuis-celestes, e uma manta preta sobre os ombros. Nas costas carregava um bornal grande, pesado, talvez cheio de raízes e ervas. E enquanto a observava se aproximando devagar desde a margem do lago, tive a impressão de que a anciã ia minguando, e minguando ainda mais, até que já diante de mim ela tinha se convertido em uma pequena caveira. Sua pele parecia ter desaparecido por completo e eu podia ver claramente a ossatura que era dona Ermelinda. Sua queixada. Seus pômulos. Suas cadeiras e costelas. Cada minúsculo osso de seus pés de coruja.

A anciã deixou cair o bornal sobre a terra molhada, e respirando asperamente, entre ofegos, alfinetou-me: O senhor anda procurando por um menino afogado. Suas palavras envolveram minha cabeça como se fossem um celofane. Mas arranquei aquele celofane na hora e recuperei o fôlego e estava a ponto de balbuciar que por certo, que era eu mesmo, que com certeza a senhora do restaurante já lhe tinha dito algo, ou que o velho do chapéu de palha tinha lhe falado sobre mim. Mas a voz trêmula da anciã se adiantou. À noite sonhei com o senhor aí mesmo, falou, na minha araucária.

* * *

Não tem braços porque os camponeses os cortaram a golpes de machete.

Dona Ermelinda seguia ajoelhada na frente do altar, acendendo as velas e lamparinas ao redor de Maximón. Falou que Maximón tinha sido um santo muito bonito que fazia milagres e seduzia facilmente todas as mulheres. Mas quando os maridos dessas mulheres ficaram sabendo, falou, cortaram os braços dele a machetadas. Por isso não tem braços, falou, mostrando que estavam vazias as mangas do preto negro do boneco. Mas ele sempre dança, falou. Sempre fuma. Toma tragos. Tem muito dinheiro. É dono de tudo, falou a anciã e continuou acendendo as velas ao redor da efígie. Perguntei se as cores das velas tinham algum significado e dona Ermelinda, sem me olhar, falou que as azuis eram o coração do céu, e as verdes eram o coração da terra, e as vermelhas eram a pele, e as amarelas eram o milho, quando boas, e a doença, quando ruins. E as velas pretas?, perguntei e dona Ermelinda falou que das pretas não se falava. Vendo-a em silêncio na semiescuridão, ocorreu-me que cada um de seus movimentos era lento e parcimonioso, como se lhe doesse, ou como se tivesse o vento contra si, ou como se suas mãos de caveira já não tivessem pressa de chegar a lugar algum. Ainda ajoelhada, pegou um dos charutos, o acendeu com o fogo de uma vela e soprou a fumaça duas vezes sobre a efígie. E logo, depois de encher a boca de aguardente Quezalteca, expeliu para cima uma nuvem de rum. Tornou a colocar a garrafa em seu lugar enquanto sussurrava ao boneco algumas palavras em língua maia, talvez kaqchikel ou poqomchí (palavras que me soaram não solenes nem cerimoniosas, e sim como uma reprimenda).

Finalmente se levantou com alguma dificuldade e foi sentar na cadeira de plástico. Seus pés descalços não chegavam ao chão.

* * *

Falou-me que o menino afogado não se chamava Salomón, e sim Juan Pablo Herrera Irigoyen, e que tinha caído da lancha sem que ninguém se desse conta. Uma lancha último tipo, falou, de alta velocidade. A família estava dando um passeio pelo lago. O menino tinha três anos. Era filho de um fazendeiro da capital, cuja plantação se estendia (se estende) por toda a extensão das encostas do vulcão. Encontramos seu corpinho aqui na margem, falou a anciã, no dia seguinte, logo depois que o sol nasceu. Estava nu o menino. Não tinha colete salva-vidas. Algum tempo depois o pai chegou ao vilarejo na mesma lancha último tipo e mandou construir uma cruz de mármore branco no local exato onde tinha sido encontrado o corpo de seu filho. Depois lhe mostro, se o senhor quiser.

* * *

Falou-me que outro menino afogado também não se chamava Salomón, e sim Luis Pedro Rodríguez Batz. Era de Villa Canales. Tinha se afogado enquanto ele e alguns amigos mergulhavam no lago desde as torres de pedra do já abandonado castelo Dorión. Assim chamam aqui um castelo de estilo medieval construído por dom Carlos Dorión Nanne em 1935, falou a anciã, sobre um imponente penhasco com o qual lhe tinha presenteado o então ditador Jorge Ubico, que depois usou o porão do castelo, segundo dizem, para torturar seus inimigos e prisioneiros. O menino Luis Pedro tinha dez anos. Os outros meninos, lá em cima no castelo, acreditaram que o corpo flutuando lá embaixo no lago era uma traquinice.

* * *

Falou-me que outro menino afogado também não se chamava Salomón, e sim Juan Romero Martínez Estrada. Seu pai, um jovem pastor evangélico do casario de Mesillas Altas, era conhecido ao redor do lago por seus sermões dos domingos, nos quais falava com fervor dos pobres, da injustiça, da falta de igualdade. Ele e sua esposa desapareceram numa noite, falou a anciã, e nunca mais se soube deles. Algumas pessoas de Mesillas Altas dizem que os viram pouco depois da meia-noite na rodovia que vai do casario a San Vicente Pacaya, escoltados por uma tropa de militares, e acreditam que o jovem casal foi jogado na cratera do vulcão. Dias depois foi encontrado o corpo de seu único filho nas margens do lago. Dizem que o menino Juan Romero parecia estar dormindo sobre o chão. Ainda vestia seu pijama. Não tinha feito um ano.

* * *

Falou-me que outro menino afogado também não se chamava Salomón, e sim Francisco Alfonso Caballero Ochoa. Tinha onze anos. Chamavam-no Paquito. Estava remando com seu irmão mais novo em um caíco de madeira, na parte ocidental do lago, quando perdeu um de seus remos na água. Seu irmão falou que o viu mergulhar na água atrás do remo, e que foi a última vez que o viu. Seu corpo jamais apareceu, falou a anciã. Mas há pessoas que dizem que ainda veem o menino Paquito, falou, ou o espírito do menino Paquito. Está sempre caminhando seminu pelas margens do lago, dizem. Continua procurando seu remo.

* * *

Falou-me que outro menino afogado também não se chamava Salomón, e sim Marco Tulio Ruata Gaytán. Tinha seis anos. Brincava com uma bola de futebol, falou, sozinho, em um terreno baldio perto do rio Plátanos. A última pessoa que o viu com vida foi sua mãe. Dizia sua mãe que o menino Marco Tulio estava chutando a bola no muro da escola e que ela gritou que parasse, que era melhor que brincasse com a bola em outro lugar. Depois ninguém soube dele durante dois dias. Até que seu corpo apareceu lá pelo estreito, onde passa a linha do trem, falou a anciã. Estava sobre um leito de nenúfares. Suas pequenas pernas enredadas no tresmalho azul-celeste de um pescador.

* * *

Falou-me que outro menino afogado também não se chamava Salomón e que também não era menino, e sim uma menina chamada María José Pérez Huité. Tinha doze anos. Chamavam-na Joselita. Com seu pai e alguns outros homens de Santa Elena Barillas, formava parte de uma banda de mariachis conhecida como El Mariachi Pérez. A menina Joselita tocava violão e cantava. Era a única menina da banda. Vestia sempre um belo traje bordô cheio de lantejoulas douradas, falou a anciã, enquanto os homens vestiam o traje preto típico dos mariachis. Acredita-se que a menina Joselita caiu no lago em uma noite de tormenta, perto do desaguadouro do rio Michatoya, depois que a banda acabou de tocar uma serenata. Seu pai dizia que a menina tinha se perdido na noite, pelos lados do lago, e que ela não sabia nadar. Na manhã seguinte, alguém do vilarejo ia passando pela ponte La Gloria quando viu abaixo no rio uma mancha bordô que boiava.

* * *

Falou-me que outro menino afogado também não se chamava Salomón, e sim Juan Cecilio López Mijangos. Afogou-se durante a procissão aquática do Niño Dios de Amatitlán, mas ninguém sabe como. Tinha sete anos. Era da aldeia Chichimecas. Estava com seus pais e irmãos, falou, sentado em uma barca da procissão, enquanto as barcas transportavam o Zarquito até seu trono de pedra, lá no muro de pedra conhecido como Los Órganos. Assim chamam por aqui a imagem do Niño Dios que se leva na procissão, Zarquito, dizem que porque tem olhos claros, falou a anciã. Uma noite, segundo a lenda, o Niño Dios apareceu a alguns pescadores no meio do lago, sentado em uma cadeira e rodeado de luz, e eles decidiram levá-lo na volta a Pampichín, seu povoado na margem meridional do lago. Desde então, em algumas manhãs as pessoas começaram a ver as pequenas pegadas do Niño Dios no chão em frente à igreja paroquial, ou pelo estreito, ou ao redor da cadeira do Niño. E também desde então, falou, para honrá-lo, se faz uma romaria aquática através do lago, todo dia 3 de maio. Alguns falam que naquele ano, no final da procissão, o menino Juan Cecilio teria caído da barca sem que ninguém do público notasse, tão concentrados estavam todos rezando ao Zarquito. Outros dizem que um dos seus irmãos o tinha empurrado para a água, por pura maldade. Outros ainda dizem que teriam visto como o menino Juan Cecilio se lançava da barca para a água e se empenhava em nadar até a cadeira de pedra em Los Órganos, onde já estava sentado o Zarquito. Los Órganos, falou a anciã, é a parte mais profunda do lago.

* * *

Falou-me que outro menino afogado durante a procissão aquática do Niño Dios, a mais recente, a do ano passado, também não se chamava Salomón, e sim Juan Luis Recopalchí Blanco. O menino Juan Luis tinha dez anos. Ia sentado em uma das lanchas que seguem a romaria aquática da procissão, falou a anciã, junto com outros vinte e cinco passageiros, voltando à cidade de Amatitlán depois de ter deixado o Zarquito lá na sua pedra, em Los Órganos. Várias pessoas estavam de pé no cais público da cidade, vendo a lancha se aproximar, esperando ali seus familiares, e testemunharam o seguinte. Que primeiro tinham ouvido o dono e piloto da lancha pedir aos passageiros que se dirigissem para a frente da embarcação. Que a seguir tinham ouvido como alguns passageiros começaram a gritar que a lancha estava fazendo água. Que depois tinham visto como a lancha inteira adernou para o lado esquerdo. E que segundos depois a lancha inteira já tinha desaparecido por completo na água. Nenhum dos passageiros usava colete salva-vidas. Mas estavam a poucos metros do cais público, e todos conseguiram nadar esses poucos metros e se salvar. Todos, falou a anciã, menos o menino Juan Luis. Seu corpo sem vida foi encontrado nessa mesma tarde pela equipe de homens-rãs dos bombeiros voluntários. As autoridades constataram que a lancha tinha afundado por excesso de peso. Diana, chamava-se a lancha. Seu dono e piloto, falou a anciã, era o pai do menino.

* * *

Eu perguntei que ervas e raízes tinha colocado, mas dona Ermelinda só me falou que bebesse devagar, que me ajudaria a ver a verdade. Seu rosto cintilava arroxeado na noite. As três ou quatro achas de lenha da fogueira estalavam e chispavam. Atrás de mim, em um arbusto de estramônio, dependuravam-se algumas quantas flores brancas em forma de sino. Queria perguntar qual verdade, ou qual de todas as verdades, ou a verdade de quem exatamente. Mas fiquei só olhando dona Ermelinda na luz ambarina do pátio, entre incrédulo e desconfiado, e tomei um gole quente da pequena xícara. Tinha gosto de água que ficou muito tempo no fogo. Tomei um segundo gole, que me pareceu ainda mais desagradável que o primeiro, e ao mesmo tempo começou a me invadir uma estranha sensação de leveza, de sono, de estar e não estar. A anciã me observava com firmeza, a cara franzida, como se tentasse entender ou decifrar algo. Vai ajudá-lo a ver sua verdade, falou de repente de sua cadeira de plástico, como se estivesse respondendo às perguntas na minha cabeça. Assustei-me um pouco. Senti um leve enjoo. Senti que meus olhos se fechavam e que uma parte de mim começava a flutuar. Não a verdade do menino afogado, falou a anciã. E sim a verdade que o senhor leva dentro de si, falou. Sua verdade sua, falou, usando esse duplo possessivo tão comum entre os habitantes indígenas. Talvez a anciã tenha notado o medo ou a confusão no meu rosto, porque de imediato falou que os maias mais sábios, depois de criar todas as coisas do mundo, deram-se conta de que tinham ficado sem barro e milho. Então pegaram uma pedra de jade e a talharam até formar uma pequena flecha e, quando os sábios sopraram sobre a flecha, esta virou um colibri, e o colibri saiu voando pelo mundo inteiro. Tz'unun, falou a anciã. Assim o chamamos, na nossa língua, falou, e ficou em silêncio por um instante. É o colibri, falou, aquele que voa daqui para lá com os pensamentos dos homens.

* * *

Eu quebrei o pé do meu irmão.

Estávamos dois ou três anos sem nos falar, nem em inglês nem em espanhol. Não tinha acontecido nada de colossal entre nós para que nos distanciássemos e não nos falássemos mais. Nenhum rompimento, nenhuma disputa específica. Simplesmente tínhamos nos distanciado. Ou melhor, eu tinha me distanciado dele. Eu era o mais velho — quatorze meses mais velho, o que na adolescência é muito mais do que quatorze meses —, e lembro que de uma hora para outra, por volta dos treze anos, comecei a vê-lo como um criançola. Antes tínhamos feito de tudo juntos. Tínhamos sido crianças juntos e crescido juntos como dois aliados ou dois melhores amigos. Tínhamos compartilhado o mesmo quarto, sussurrando um para o outro, de cama a cama, para que assim a escuridão das noites não fosse tão escura, até que eu reivindiquei um quarto só para mim e meus pais tiveram que remodelar a sala de casa. Tínhamos brincado na banheira juntos, fazendo de cada banho noturno uma aventura de marinheiros ou piratas, até que optei por me banhar na ducha de meus pais, e o deixei sozinho na banheira. Tínhamos usado a mesma roupa, até que exigi me vestir de modo diferente do dele. Tínhamos deixado misturados nossos brinquedos, nossas coleções de bolinhas de gude e figurinhas, até que eu demandei separar e dividir tudo (depois joguei minha metade no lixo, em vez de deixá-la com ele). Já me sentia um adulto, demasiado crescido para tolerar sua companhia de criança, seus comentários e brincadeiras infantis, e então não só me afastei dele, como também passei a insultá-lo, a menosprezá-lo, talvez para que ele se distanciasse ainda mais. Não sei quando aconteceu, nem por quê, mas tudo agora entre nós era uma batalha.

O pé quebrado de meu irmão foi o clímax de um domingo inteiro de insultos, e discórdias, e maus humores, e um jogo de basquete na rua com vários de meus amigos do bairro, durante o qual de repente debochei de meu irmão. Um deboche bobo, sem sentido, que teria passado por um deboche a mais, uma injúria a mais de um irmão mais velho que se aproveita de sua idade e seu tamanho, se não fossem as risadas irônicas de meus amigos. Continuavam rindo meus amigos. E quanto mais eles riam de meu deboche, mais eu podia ver claramente como a cólera ia subindo pelo rosto de meu irmão: nas veias de seu pescoço, em seus lábios que tremiam, em suas bochechas avermelhadas, em seu olhar crispado, em todas as gotinhas de suor que começaram a se formar na sua testa. E soube que viria o pontapé. Soube antes que meu irmão levantasse a perna. Provavelmente soube antes mesmo que ele soubesse que devia me chutar o estômago com força, para me deixar sem fôlego e sem voz e assim calar também as risadas perversas de meus amigos. Seu pé direito, então, chocou-se com força contra meu cotovelo.

Minha mãe o levou ao hospital. Meu pai, fazendo um esforço para conter seus gritos, só me falou para eu ir ao meu quarto, que mais tarde falaria comigo, que no momento não podia nem olhar para mim. Eu me fechei no quarto e me joguei na cama com fones nos ouvidos e fiquei escutando música o resto da tarde. Ainda não tinha ideia da gravidade do assunto. Não soube que meu irmão tinha quebrado o pé até a noite, quando por fim meu pai chegou para me dizer. Que minha mãe tinha ligado do hospital, falou da porta, que eu tinha quebrado o pé do meu irmão. Mas se foi ele quem tentou me chutar, falei em inglês a meu pai, ainda deitado. Eu não fiz mais que me defender de seu pontapé, falei. Não foi minha culpa, falei, ainda que soubesse muito bem que a culpa era minha, que a culpa não tinha nada a ver com o pontapé de meu irmão, nem com me defender, nem com seu pé quebrado, e sim com algo mais profundo e mitológico, com algo que só dois irmãos podem entender. Meu pai continuava de pé na porta. Não importa de quem foi a culpa, falou. Em sua voz havia mais tristeza que raiva, mais decepção que desgosto. É seu irmão, falou em um sussurro, e eu apenas continuei olhando a bagunça de discos de vinil esparramados pelo assoalho. Pensei em dizer que eu não tinha um irmão, ou que eu não queria um irmão, ou que talvez não queria a ele como um irmão. Mas não falei nada. Meu pai suspirou fundo e durante alguns segundos pareceu ficar sem ar. Sente direito, ordenou da porta, e eu me endireitei na cama com um pouco de medo. Nunca antes meu pai tinha me batido. Mas não sei por quê — talvez pelo seu olhar meio perdido, talvez porque eu estivesse merecendo —, tinha certeza de que essa seria a primeira vez. Por fim meu pai entrou no quarto e caminhou na minha direção por entre os discos de vinil no chão, devagar, demasiado devagar, como se na verdade não quisesse caminhar até mim, como se quisesse postergar o inevitável, até que parou ao meu lado e estendeu uma mão e eu me preparei para receber uma bofetada, mas só o que senti foi algo caindo sobre meu peito.

Era a foto do menino na neve.

* * *

Naquela noite, a noite em que mais deveria ter gritado comigo, meu pai não levantou a voz. E eu só o escutei em silêncio da minha cama, sem deixar de pensar no menino afogado no lago, no menino boiando de bruços perto do molhe, nesse menino loiro e belo e de rosto impávido que eu agora, pela segunda vez na vida, tinha nas mãos.

Meu pai, sentado na beirada da cama, falou que não tinha conhecido seu irmão Salomón. Falou que ninguém da família sabia de muitos detalhes da vida de Salomón, nem de sua morte, pois meus avós raramente falavam dele. Falou que seu irmão tinha nascido em 1935, doente, ainda que na verdade ninguém soubesse de que doença. Contavam que Salomón nunca conseguiu caminhar muito bem, que nunca conseguiu falar muito bem ou que talvez nunca conseguiu falar de fato, e que em um dado momento parou até mesmo de crescer. Por isso alguns o chamavam Chiqui, falou meu pai, porque ele ficou chiquito. Outros o chamavam Selim, que é Salomón em árabe, e outros ainda o chamavam Shlomo, que é Salomón em hebraico, seu nome em hebraico, derivado da palavra shalom, que significa paz. Mas minha avó sempre o chamou Solly. Os melhores médicos do país, falou meu pai, sem saber mais o que fazer pelo menino, tinham recomendado a meus avós que o levassem a uma clínica em Nova York. Uma clínica particular, falou. Uma clínica especializada, onde poderiam tratá-lo melhor. Falou que em 1940, então, minha avó e Salomón zarparam de Puerto Barrios em um barco de nome *SS Antigua*, da frota caribenha da United Fruit Company, rumo a Nova York. Salomón tinha apenas cinco anos, e minha avó, uma jovem mãe, de vinte e cinco anos, o estava levando sozinha a Nova York. Meu pai não sabia por que ninguém mais os tinha acompanhado, por que meu avô não tinha viajado com eles. Falou que minha avó mencionou a ele repetidas vezes o nome daquele barco, que minha avó nunca tinha esquecido o nome daquele barco, o *SS Antigua*, talvez porque nele, no mar, na brisa do mar, no vaivém das ondas do mar, ela tinha passado os últimos dias com seu filho primogênito, com seu filho Salomón, antes de deixá-lo para sempre na clínica particular de Nova York. Meu pai falou que o edifício cinza e nevado na foto, atrás de seu irmão, provavelmente era a clínica, mas que não tinha certeza disso, e que a foto nas minhas mãos provavelmente teria sido feita pela minha avó, no inverno de 1940, ao se despedir para sempre de seu filho em Nova York, mas que também não tinha certeza disso. Falou que, algum tempo depois de ter sido internado na clínica em Nova York, ninguém sabia se meses ou anos, Salomón morreu de sua enfermidade. Estava sozinho, falou. Sem ninguém da família ao seu lado. Ainda que a tia Lynda vivesse lá, falou, perto dele, em Atlantic City, em Nova Jersey, ela sempre repetiu com insistência que só tinha se inteirado de sua morte muito tempo depois. E o enterraram em um cemitério comum, falou, porque ninguém lá, naquela clínica particular de Nova York, sabia que ele era judeu, e o enterraram então em um cemitério comum, em um cemitério não judeu, e junto dele enterraram também seu nome. Ninguém mais na família foi chamado Salomón. Como se esse nome fosse uma coisa viva que também tinha nascido doente e viajado em um barco e morrido em uma clínica particular de Nova York. E ninguém na família voltou a falar de Salomón, muito menos minha avó. Falou que minha avó talvez nunca o mencionasse porque sua dor de mãe era insondável, ou porque o silêncio era parte de seu luto, ou porque nunca se perdoou por seu filho ter morrido só, por seu filho ter sido enterrado só, sem os seus, sem família, sem rezas, sem kádish, sem shivah, em um cemitério não judeu, em um cemitério qualquer, talvez em uma vala comum, sem data nem nome. Falou que em hebraico existe uma palavra para descrever uma mãe cujo filho está morto. Talvez porque essa dor é tão grande e peculiar que precisa de uma palavra própria. Sh'khol, se fala em hebraico, falou. Meu avô finalmente fez uma viagem a Nova York nos anos quarenta ou cinquenta, falou, para trasladar o corpo de Salomón a um cemitério judeu. E meu pai falou que essa era a última coisa que sabia de seu irmão, que essa era a única coisa que sabia de seu irmão. Não sabia nada mais. Não sabia de que doença tinha morrido nem em que ano tinha morrido. Nem sequer sabia, falou, o nome do cemitério judeu em Nova York onde estava enterrado. Pelo menos conhecia, falou, por essa velha foto que eu ainda tinha nas mãos, por essa foto dele na neve, o rosto de seu irmão.

* * *

Acordei com a nuca rígida, os braços entorpecidos, as costas doloridas, o meu corpo todo feito um nó na rede do pátio. Em cima de mim um grosso poncho de lã cinza. Supus que alguém, no decorrer da noite, tinha me levado até a rede e me coberto com aquele grosso poncho de lã cinza. Ainda sentia na boca o sabor daquela água que ficara muito tempo no fogo. Na tênue luz do amanhecer consegui ver que as velas eram agora manchas coloridas no chão do pátio, ao redor da efígie. Na fogueira só restava um montículo de carvão e cinzas. A pequena xícara estava vazia ao lado de meus pés. Também estava vazia a cadeira de dona Ermelinda. A cabeça decapitada do peru tinha desaparecido.

Fechei os olhos e tentei me lembrar de alguma coisa da noite anterior. Mas minhas lembranças eram imagens soltas, caóticas, não sabia se reais ou sonhadas ou imaginadas. Dona Ermelinda soprando-me fumaça na cara. Dona Ermelinda de pé atrás de mim, suas mãos ossudas fomentando-me a cabeça. Dona Ermelinda arrancando uma flor branca de estramônio e segurando-a com força sobre minha boca e meu nariz. Dona Ermelinda acendendo somente as velas pretas, dizendo-me que das velas pretas não se falava. Dona Ermelinda rindo para Maximón. Dona Ermelinda falando em sua língua a Maximón. Dona Ermelinda dançando nua com Maximón nos braços. Dona Ermelinda dizendo-me que eu deveria ter um filho, que minha vida era insensata sem um filho. Dona Ermelinda segurando um pequeno colibri em uma das mãos e esfregando-o por todo o meu corpo e dizendo-me que isso me ajudaria a ter um filho. Dona Ermelinda dizendo-me ou talvez lembrando-me de que a memória de um filho se enobrece através da música. Dona Ermelinda de cócoras, urinando sobre as lenhas da fogueira. Dona Ermelinda segurando folhas de tabaco no meu abdômen e dizendo-me que havia algo ali dentro que estava matando-me. Dona Ermelinda e um ancião de chapéu de palha olhando-me de perto enquanto sussurravam em sua língua e depois me levavam à rede e colocavam sobre mim o poncho de lã. Dona Ermelinda fazendo um ruído de coruja e arrulhando-me na rede e dizendo-me que não esquecesse meus sonhos, que era importante lembrar meus sonhos na manhã seguinte, que em meus sonhos eu entenderia tudo.

 Tirei o poncho de cima de mim e me levantei. Mas a madrugada estava um tanto fria e então voltei a pegar o poncho e o joguei sobre os ombros e fiquei só olhando o chão cheio de cinzas e cera derretida e manchas escuras de sangue. Lembrei que não soube que ervas ou raízes tinha bebido na noite anterior, que a anciã tinha me entregado a beberagem na pequena xícara sem dizer nem explicar nada, e que agora era melhor não saber. Levantei o olhar e percebi que dona Ermelinda já não estava em casa. Provavelmente tinha saído antes do amanhecer, para o monte, com seu bornal, a procurar ervas. Não sabia se lhe pagava alguma coisa, ou se lhe pagar alguma coisa poderia insultá-la. Peguei algumas notas e as deixei no chão, junto da efígie, como uma oferenda a Maximón.

Saí do pátio e o ar fresco da madrugada acabou de me despertar. Não sentia cansaço nem desvelo. Ao contrário. Sentia-me como se estivesse vendo tudo pela primeira vez, ou pela última vez. O vermelho vivo de uma buganvília. Um martim-pescador empoleirado em um galho da araucária, talvez preparando-se para sair voando até o lago. O verde faiscante da montanha ainda ensopada de chuva. Uma só nuvem branca e pequena, esquecida ou perdida no meio do céu. Na distância, por trás de um caíco de madeira que apenas vagava, o vulcão inteiro abrigado e protegido por um leve lençol de névoa. E ao pé do vulcão, por toda a extensão das margens da água, os chalés abandonados me pareceram agora as lápides e cruzes de um grande cemitério, e o lago, um só caixão.

Arrumei o poncho sobre os ombros e caminhei até a margem. Quis meter as mãos na água para lavar a cara e a nuca, mas na superfície boiava uma crosta verde de sujeira e então fiquei apenas observando a imensidão do lago, pensando em sua quietude e bonança, em seu estoicismo e lenda, no esplendor que algum dia teve. Aqui há dragões, pensei ou talvez sussurrei, olhando para baixo e lembrando a frase dos antigos cartógrafos que, estáticos na borda do desconhecido, no fim do mundo, desenhavam dragões em seus mapas. Depois levantei o olhar e vi que o caíco de madeira vinha chegando até mim, ainda devagar. Demorei um pouco para me dar conta de que, sentado dentro da velha embarcação de madeira, havia um menino moreno, magro, com cerca de dez ou doze anos, que remava em direção à margem usando uma raquete de pingue-pongue.

Bom dia, falou quando já estava perto, sorrindo com um pouco de timidez. Ocorreu-me, vendo a raquete vermelha e meio podre em sua mão, que na verdade tinha vindo bastante rápido. A ponta do caíco logo se firmou no lodaçal da margem, bem diante de mim. Desjejum, dom?, perguntou o menino, e notei que no assoalho do caíco, ao lado de seus pés descalços, havia uma caixa de isopor e uma garrafa térmica do tipo escolar, de plástico preto. Falou que tinha tortilhas com queijo fresco, tortilhas com feijão, tortilhas com ovo frito. Também trago café, falou ainda sentado. Usava uma camiseta azul-celeste de não sei que time de futebol. Quanto o café?, perguntei e o menino falou que era três quetzales, e que as tortilhas eram cinco quetzales. Então um café, por favor, falei. O menino abriu a caixa de isopor, pegou um copinho de plástico e o colocou sobre o assento, ao seu lado. Depois desenroscou a tampa da garrafa térmica e encheu o copinho com café. Muito obrigado, falei, recebendo o copo e dando a ele uma nota de dez quetzales. E uma tortilha, dom?, perguntou, e eu falei que não, obrigado, enquanto tomava um gole. Era café de olla, um pouco ralo, mas quente e ácido e o calor do copinho era agradável em minhas mãos. Muito gostoso, falei, e o menino, ainda sentado e brincando com a nota, somente sorriu. Você mesmo fez o café e as tortilhas?, perguntei. O menino meneou a cabeça com ênfase, como se a pergunta fosse ilógica. Minha mãe, murmurou. Claro, sua mãe, repeti, e tomei outro gole de café. Quer ver meu gato, dom?, perguntou o menino, seu olhar mais amplo e mais preto, e eu, enquanto procurava o animal no assoalho do caíco, falei que sim. O menino levantou o braço direito e o esticou, e flexionando seu bíceps, soltou uma risadinha endiabrada. Sorri para ele, imaginando que essa era a mesma brincadeira que fazia com todos os fregueses, todas as manhãs. Perguntei se ele saía todas as manhãs para vender desjejuns ao redor do lago. Quase, falou. E vende bastante? O menino baixou o olhar e pegou do assoalho do caíco algo que parecia um velho bastão de ferro oxidado. Às vezes, sussurrou. E a escola?, perguntei, mas o menino apenas deu de ombros. Não vai à escola?, perguntei. Às vezes, falou de novo, guardando a nota no bolso de sua calça de lona e pegando algumas moedas. Não precisa, falei, fique com o troco. O menino franziu a testa como se não tivesse entendido, como se as contas não batessem, mas depois falou obrigado, e se pôs de pé. Esticou o bastão de ferro até cravá-lo no lodo da margem e empurrou com força para trás. O caíco, lentamente, foi se soltando da lama.

O senhor não é daqui, certo?, perguntou já sentado e remando para trás com a raquete vermelha. Eu ajustei o poncho sobre os ombros e tomei um gole quente de café. Às vezes, falei sorrindo. O menino sorriu de volta, largo, sem dois ou três dentes.

Fiquei quieto na margem, bem envolto no poncho de lã, o café fumegando em minhas mãos, vendo como o menino se afastava em direção ao centro do lago só com a ajuda da pequena raquete vermelha, seu caíco cindindo as águas e deixando para trás um pequeno rastro. O lago diante de mim logo já não era tão imenso, nem tão estoico, nem tão verde. Percebi uma sensação no peito que se parecia muito à euforia, uma euforia que se parecia muito à dor. E antes de pensar, antes mesmo de me dar conta, já tinha dado um par de passos adiante. Senti a água gelada nos meus sapatos, molhando-me as meias e as calças. Senti o vaivém da água nos meus tornozelos, em meus joelhos, embalando-me por inteiro. Continuei caminhando adiante, seguindo no rastro do caíco, e entrando ainda mais, e afundando um pouco mais, e pensando o tempo todo nos meninos que nessas mesmas águas tinham deixado suas vidas, nos meninos que tinham entrado no lago e descido até o fundo e permanecido ali para sempre, nos meninos que eram agora filhos de ninguém e irmãos de ninguém, nos meninos cujas sombras de menino caminhavam agora comigo, todos eles juntos, e todos eles reis do lago, e todos chamados Salomón.

tipologia Abril
papel Polén Soft 80 g/m²
impresso por Edições Loyola para Mundaréu
São Paulo, março de 2018